PRÉCIS HISTORIQUE DES FAITS

RELATIFS A

L'EMPRUNT D'HAÏTI

ET DES

DERNIERS ARRANGEMENTS FINANCIERS

CONCLUS ENTRE LE GOUVERNEMENT HAÏTIEN
ET LE COMITÉ DES PORTEURS DE TITRES
DUDIT EMPRUNT.

Publié par le Comité.

Paris.
IMPRIMERIE DE GUIRAUDET ET JOUAUST,
315, RUE SAINT-HONORÉ.

25 Janvier 1849.

PRÉCIS HISTORIQUE DES FAITS

RELATIFS A

L'EMPRUNT D'HAÏTI

ET DES

DERNIERS ARRANGEMENTS FINANCIERS

CONCLUS ENTRE LE GOUVERNEMENT HAÏTIEN
ET LE COMITÉ DES PORTEURS DE TITRES
DUDIT EMPRUNT.

Publié par le Comité.

Paris.
IMPRIMERIE DE GUIRAUDET ET JOUAUST,
315, RUE SAINT-HONORÉ.

25 Janvier 1849.

EMPRUNT D'HAITI.

Le Comité se fait un devoir de présenter aux Porteurs de titres de l'emprunt d'Haïti un précis des négociations qui ont déterminé la dernière convention du 12 février 1848, conclue avec le Gouvernement haïtien.

Sans avoir à rappeler les arrangements financiers de 1838, que chacun des intéressés doit connaître, et qui furent interrompus, au commencement de l'année 1843, par suite du renversement du Président Boyer, le Comité dut saisir la première occasion favorable pour réclamer de la République d'Haïti la reprise du service de son emprunt. En effet, les Porteurs de titres, informés, par les journaux du mois d'août 1843, que le Gouvernement français était dans l'intention d'envoyer en mission, auprès de la République d'Haïti, M. Adolphe Barrot, chargé de réclamer l'exécution des traités de 1838, adressèrent le 12 septembre 1843, à M. de Mackau, Ministre de la marine et des colonies, une pétition tendant à ce que M. Adolphe Barrot reçût des instructions spéciales pour que leurs intérêts ne fussent point négligés dans la mission qui lui était confiée.

En réponse à cette pétition, M. le Ministre des affaires étrangères leur adressa la lettre suivante :

Paris, le 11 octobre 1843.

Ministère
des affaires étrangères.

Direction politique.

« M. le Ministre de la marine et des colonies m'a transmis, Messieurs, une pétition que vous lui avez adressée le 12 du mois dernier pour solliciter l'intervention du Gouvernement du Roi, à l'effet d'obtenir que la République d'Haïti fasse honneur à ses engagements envers les Porteurs de l'emprunt contracté par elle en 1825.

» Le Gouvernement du Roi continuera de vouer la même

attention que par le passé aux intérêts que vous recommandez à sa sollicitude, et vous devez être assurés qu'il ne négligera rien de ce qui dépendra de lui pour que cette affaire se termine d'une manière aussi satisfaisante que vous pouvez le désirer.

» Recevez, Messieurs, l'assurance de ma considération distinguée.

» *Signé* GUIZOT. »

Confiant dans le contenu de la lettre précitée, le Comité dût attendre l'issue de la mission de M. Adolphe Barrot, et ce fut le 12 août 1844 qu'il adressa à M. le Ministre des affaires étrangères la lettre suivante :

MONSIEUR LE MINISTRE,

« Au sortir de l'audience que vous avez bien voulu nous accorder mardi dernier, nous nous sommes empressés d'informer nos mandants (les Porteurs de titres de l'emprunt d'Haïti) de l'accueil bienveillant que vous aviez daigné faire à la demande présentée en leur nom. Ils nous ont chargés de vous exprimer la confiance que leur inspirent les assurances que vous nous avez données.

» En vous entretenant, Monsieur le Ministre, des titres que les Français engagés dans l'emprunt d'Haïti ont à la sollicitude du Gouvernement du Roi, nous avons dû vous faire remarquer que leur position est d'autant plus digne d'intérêt que cet emprunt a donné au Gouvernement haïtien le moyen de commencer à exécuter l'ordonnance d'émancipation de 1825, et que c'est avec cet argent que les anciens Colons de Saint-Domingue ont pu être payés, par la caisse des consignations, du premier cinquième de l'indemnité stipulée, en leur faveur, par ledit traité.

» Nous devons encore vous rappeler, Monsieur le Ministre, que ce fut par cette considération que les Commissaires du Roi (Messieurs de Las Cases et Baudin) avant de conclure le traité du 12 février 1838, exigèrent, du Gouvernement haïtien, l'engagement d'employer, chaque année, un million de francs au service des intérêts et de l'amortissement de l'emprunt. Cet engagement est consigné dans les procès-verbaux des conférences ouvertes, à cette époque, au Port-au-Prince ; il doit être considéré comme une annexe audit traité, et nous ne pouvons nous expliquer comment M. Adolphe Barrot n'en a pas excipé dans ses dernières négociations. C'est sur la foi de ce même engagement que les Porteurs de titres de l'emprunt s'attendaient à recevoir, par le retour de M. Barrot, les fonds destinés au paiement des arrérages échus, et c'est parce que leurs espérances à cet égard ont été déçues qu'ils réclament avec confiance l'appui du Gouvernement du Roi, pour obtenir l'exécution des obligations contractées par le Gouvernement haïtien.

» Nous vous serons fort obligés de nous faire accuser réception de la présente. Nous sommes avec respect, Monsieur le Ministre, vos très humbles et obéissants serviteurs,

» *Les délégués des porteurs de titres de l'emprunt d'Haïti.* »

Ministère des affaires étrangères.

Direction politique.

Paris, 19 août 1844.

« J'ai reçu, Messieurs, la lettre que vous m'avez fait l'honneur de m'écrire le 12 de ce mois.

» Je ne puis que vous renouveler l'assurance que les intérêts que vous représentez ne seront point perdus de vue, et que j'aurai soin d'appeler de nouveau sur cette affaire la sérieuse attention du Gouvernement haïtien.

» Recevez, Messieurs, l'assurance de ma considération distinguée.

» *Pour le Ministre, et par autorisation,*

» *Le Conseiller d'Etat, Directeur,*

» *Signé* Em. Desages. »

Dans ces circonstances, le Comité crut devoir convoquer une assemblée générale des Porteurs. En voici le procès-verbal :

Cejourd'hui, 13 octobre 1844, les Porteurs des annuités de l'emprunt d'Haïti, réunis au Palais de la Bourse, avec la permission de M. le Préfet de police, à une heure de l'après-midi, ont composé leur bureau comme suit : M. Guynet, Président ;

MM. Mongrolle, Sarrans aîné, Dubourg et Guitton, propriétaires. M. Guynet a ouvert la séance et s'est exprimé ainsi :

Messieurs,

« Les Porteurs de titres de l'emprunt que la République d'Haïti a contracté sur la place de Paris, en 1825, se sont réunis dans cette enceinte, le 6 octobre 1839, pour entendre les propositions que le Gouvernement haïtien avait chargé son banquier à Paris (M. Jacques Laffite) de leur faire, dans le but de liquider ledit emprunt, et pour délibérer sur lesdites propositions.

» Ces propositions consistaient : 1° à servir les intérêts des obligations à raison de 3 pour 100, à partir du 1er juillet 1838, en abandonnant les arrérages échus à cette époque ; 2° à rembourser 600 obligations chaque année, par la voie du sort, au pair de 1,000 francs ; 3° à ajouter à ce remboursement de 600 obligations, après sept années, le résidu du million qui y avait été affecté originairement, après le prélèvement des intérêts sur les obligations à rembourser.

» L'assemblée se prononça, à l'unanimité, pour l'adoption de ces propositions. Le banquier de la République procéda immédiatement à leur exécution, et continua sur le même pied jusques et compris le semestre échu le 31 décembre 1842, nonobstant le tremblement de terre qui avait désolé l'île d'Haïti en mai de la même année, et l'incendie qui en fut la suite. En même temps le Gouvernement de la République réclama du Gouvernement français un délai pour l'exécution du traité fait avec la France le 12 février 1838.

» La perturbation jetée dans les affaires de la République par ces événements désastreux, les désordres et la misère qu'ils engendrèrent, vinrent raviver les ferments de discorde politique qui existaient depuis long-temps dans la République. Une révolution éclata, à la suite de laquelle le Gouvernement du Président Boyer fut renversé. Un Gouvernement provisoire prit les rênes de l'administration ; un Commissaire français (M. Adolphe Barrot) fut envoyé auprès de ce Gouvernement pour exiger l'exécution du traité de 1838. Votre Comité ne manqua pas, à cette occasion, de faire, tant auprès du Ministre des affaires étrangères qu'auprès du Commissaire du Roi, les démarches tendantes à ce que vos intérêts fussent protégés, et nous devions espérer qu'ils le seraient efficacement, d'après les assurances que nous en avait alors données le Ministre dans sa lettre du 11 octobre 1843, précédemment citée. Le Commissaire français fut de retour de sa mission en 1844, et les Porteurs de titres de l'emprunt ne purent voir qu'avec le plus grand étonnement que les fonds qu'il avait obtenus du Gouvernement haïtien étaient exclusivement applicables à l'indemnité due aux anciens Colons de Saint-Domingue; ils apprirent, en même temps, que les fonds destinés à l'emprunt avaient été préparés, et devaient être apportés en France par des Commissaires que le nouveau Gouvernement haïtien envoyait auprès du Gouvernement français.

» Les choses étaient dans cet état, lorsque le Gouvernement provisoire fut renversé à son tour, et dès lors il ne fut plus permis de compter sur les fonds préparés pour la reprise du service de l'emprunt. Mais aussitôt que l'on put être informé en France que l'ordre était rétabli en Haïti, qu'un nouveau Gouvernement avait pris les rênes de l'administration, et que le Consul de France au Port-au-Prince était entré en communication officielle avec ce Gouvernement, votre Comité crut devoir faire une démarche auprès de M. le Ministre des affaires étrangères, pour lui exposer la situation des Porteurs de titres de l'emprunt d'Haïti, et implorer la protection qui est due à tous les intérêts nationaux dans l'étranger.

» Le mandat que vous nous aviez confié se trouvant ainsi accompli, il ne nous restait plus qu'à vous en rendre compte, et c'est ce que nous faisons aujourd'hui. Si vous jugez convenable à vos intérêts de constituer un nouveau Comité, il vous restera à faire choix de ceux d'entre vous qui devront le composer; vous faisant observer seulement que, parmi les Membres du Comité dont les pouvoirs sont expirés, plusieurs, soit par décès, soit pour cause d'absence, ne pourraient profiter de l'honneur que vous leur feriez d'une réélection; à savoir : M. le Général Lemoine et M. Santerre, décédés; MM. Paul, Bartholoni, Féline et Saint-Albin, absents.

» Après vous avoir rendu compte de notre mission, nous remettons entre vos mains les pouvoirs que nous tenions de votre confiance ; cependant nous devons encore appeler votre attention sur la nécessité de constituer le nouveau Comité le plus promptement possible, à l'effet d'être en mesure de pouvoir conférer avec les Commissaires haïtiens dont on annonce la prochaine arrivée en France, et pour aviser également aux démarches à faire auprès des Ministres du Roi, dans vos intérêts et dans les conjonctures où nous nous trouvons.

L'Assemblée, appelée à constituer son nouveau Comité, confirma la composition du bureau, et y adjoignit MM. le baron Vaur, attaché à la mission de M. Adolphe Barrot, et Goubot, avec autorisation de choisir, au besoin, deux autres Membres, à l'effet d'en porter le nombre à neuf. Cette décision adoptée à l'unanimité, la séance fut close par un vote de remercîments à l'ancien comité.

» Fait à Paris, le 15 octobre 1844.

» *es délégués*,

» GUYNET, A. MONGROLLE, DUBOURG, SARRANS aîné. »

Le 10 janvier 1845, le Comité adressa une lettre au Président de la République d'Haïti, pour attirer son attention sur l'inéxécution de la convention de 1838, et sur la reconstitution d'un nouveau Comité.

Le 29 du même mois, le Comité s'adressa de nouveau à M. le Ministre des affaires étrangères, dans les termes suivants :

» Monsieur le Ministre,

» Dans l'audience que vous nous avez fait l'honneur de nous accorder, le 6 août dernier, vous daignâtes accueillir avec bienveillance l'exposé que nous vous fîmes de la situation malheureuse des Français engagés dans l'emprunt d'Haïti, emprunt contracté par cette République, sur la place de Paris, en 1825, et dont le service est suspendu, malgré les conventions formulées dans l'annexe des traités de 1838. Les retards que le Gouvernement haïtien apporte depuis deux ans au paiement des arrérages échus rendent chaque jour leur position plus désastreuse; il est donc de notre devoir, Monsieur le Ministre, de vous exprimer de nouveau la peine profonde et la surprise qu'ont éprouvées nos Commettants, en apprenant que, contrairement à ce que vous leur aviez fait espérer par votre dépêche du 11 octobre 1843, la mission de M. Adolphe Barrot auprès du Gouvernement haïtien avait été tout à fait stérile pour leurs intérêts, puisqu'à son retour en France il n'a apporté que les fonds destinés au paiement de l'indemnité des Colons. Ce résultat, déplorable pour les Porteurs de titres de l'emprunt, ne peut être que l'effet d'une fausse interprétation des conventions et des arrangements qui ont amené les traités de 1838. L'engagement qui fut pris alors par le Gouvernement haïtien, de consacrer chaque année un million de francs au service des intérêts et de l'amortissement de l'emprunt, ayant été consigné dans les procès-verbaux des conférences ouvertes à cette époque au Port-au-Prince, doit être considéré comme une annexe auxdits traités, et aurait dû imposer à M. le Commisaire français l'obligation d'en exciper, dans les dernières négociations, pour en obtenir l'exécution.

» Il ne saurait être douteux *pour personne* que, si M. Barrot eût insisté *officiellement* à cet égard, le Gouvernement haïtien lui aurait délivré les fonds nécessaires au paiement des arrérages de l'emprunt, ainsi qu'il l'a fait pour ceux destinés à l'indemnité des Colons; c'est donc à tort qu'il a été fait une distinction entre deux choses qui, par leur origine, doivent être inséparables et ont des droits égaux à la protection du Gouvernement du Roi.

» Ces considérations, Monsieur le Ministre, autant que les circonstances qui ont présidé à la conclusion de l'emprunt, et que nous croyons inutile de reproduire ici, n'ont pas manqué d'être appréciées par vous dans un sens favorable, puisque vous avez bien voulu nous donner les assurances les plus explicites que le Gouvernement du Roi ne perdrait pas de vue les intérêts que nous représentons, et qu'au besoin il accorderait son efficace appui pour contraindre la République d'Haïti à remplir ses engagements.

» Vous nous avez, peu de jours après, fait confirmer ces bonnes dispositions par une dépêche que nous a adressée M. le Conseiller d'Etat chargé de la direction politique de votre département, en réponse à la lettre que nous avons eu l'honneur de vous écrire le 12 août dernier.

» Les Porteurs de titres de l'emprunt, qui se sont réunis le 13 octobre dernier en assemblée générale, dans le Palais de la Bourse, ont été informés par nous de l'accueil plein de bienveillance et de sympathie que vous avez fait à leurs Délégués et des justes espérances qu'ils devaient en concevoir. L'assemblée, en témoignant la plus vive satisfaction de cette communication, nous a chargés de vous exprimer toute sa gratitude.

» Permettez-nous aujourd'hui, Monsieur le Ministre, de vous faire remarquer que six mois se sont déjà écoulés depuis le jour où nous avons eu l'honneur d'appeler votre attention sur la malheureuse position de nos Commettants, et que les avis que nous recevons d'Haïti, au lieu de nous apporter la certitude que des instructions ont été données pour l'emprunt, sont, au contraire, de nature à nous faire craindre que ni M. Lartigues, récemment nommé au commandement de la station française à Haïti, ni M. le Consul général au Port-au-Prince, aient eu mission de s'en occuper. Nous désirons vivement qu'il en soit autrement, car les Porteurs de titres de l'emprunt, qui ont pris au sérieux les assurances que vous nous aviez chargés de leur donner, seraient cruellement déçus dans leur espoir, si elles n'avaient servi qu'à entretenir chez eux de vaines illusions.

» Nous vous prions, Monsieur le Ministre, de vouloir bien nous honorer d'une réponse

» Nous sommes avec respect, Monsieur le Ministre, vos très humbles et très obéissants serviteurs,

» *Les membres du Comité des porteurs de titres de l'emprunt d'Haïti.*

» Paris, le 29 janvier 1845. »

A quelques jours d'intervalle, le Comité crut devoir adresser aux deux Chambres, le 12 février 1845, la pétition suivante :

« Messieurs les Pairs, messieurs les Députés,

» Une période de vingt années s'est écoulée depuis que le Gouvernement de la République d'Haïti fut autorisé à négocier sur la place de Paris un emprunt de trente millions de francs, destiné à payer le premier cinquième des conditions stipulées par l'ordonnance royale du 17 avril 1825, en retour de la reconnaissance de l'indépendance de l'ancienne Colonie de Saint-Domingue.

» Sans vouloir reproduire ici toutes les circonstances qui présidèrent à cet emprunt, nous nous permettrons d'appeler votre attention sur les faits principaux qui déterminèrent et facilitèrent son émission.

» Le Gouvernement français ne dissimulait pas l'intérêt politique qu'il y avait à ce que l'emprunt se fît en France, car on avait lieu de craindre que des Compagnies anglaises n'obtinssent une préférence à laquelle de hautes considérations de politique et de commerce faisaient attacher un grand prix. L'emprunt fut donc présenté, par le pouvoir d'alors, comme une opération éminemment française, digne d'être nationalisée ! Ce furent ces expressions, qu'on peut lire dans les journaux officiels de l'époque (*Moniteur*), qui excitèrent les Capitalistes à seconder les vues de leur Gouvernement, qui, d'ailleurs, pouvait considérer cet emprunt comme un emprunt français, en raison de sa destination, puisque le produit devait servir à indemniser des Colons français, et que les fonds devaient être versés dans une caisse publique (la Caisse des dépôts et consignations). C'est donc à tort que Monsieur le Ministre des affaires étrangères a cru pouvoir repousser l'analogie des deux dettes haïtiennes, à savoir : celle de l'indemnité et celle de l'emprunt. Sans la première la seconde n'existerait pas ! Et si cette dernière a servi à payer aux Colons français une partie de la dette d'Haïti, le Gouvernement du Roi sait fort bien que la libération de ce premier cinquième, en faveur des Colons, n'est qu'une substitution de créances au profit des Prêteurs français, et cette novation ne saurait justifier le droit de décliner toute protection de la part du Gouvernement français.

» Une telle prétention ne peut être discutée d'une manière sérieuse, et cependant Monsieur le Ministre des affaires étrangères n'a pas craint d'en soutenir la thèse à la tribune francaise. Cette manifestation, échappée à l'improvisation, est une erreur grave et compromettante pour les intérêts qui s'y rattachent; et c'est probablement par suite de cette conviction erronée, qui résulte d'une fausse interprétation des conventions et des arrangements qui ont amené les traités de 1838, que Monsieur le ministre, après avoir écrit aux soussignés, le 11 octobre 1845, que le Gouvernement du Roi ne négligerait rien pour soutenir leurs intérêts auprès de la République d'Haïti, n'a pas jugé à propos de donner à M. Adolphe Barrot, Envoyé extraordinaire, des instructions officielles concernant cet emprunt.

» Dans cet état de choses, M. Barrot n'a pu agir qu'officieusement, et ce mode d'intervention marquait d'avance l'insuccès de sa démarche. Aussi, à son retour en France, n'a-t-il apporté que les fonds destinés au paiement de l'indemnité des Colons, et rien pour les arrérages de l'emprunt.

» Un tel abandon, à la fois impolitique et injuste, met le Comité des porteurs de titres de l'emprunt dans la nécessité d'avoir recours à vous, Messieurs les Députés, pour obtenir, non la garantie de la France, qui n'est jamais entrée dans sa pensée, mais du moins un appui efficace du Gouvernement du Roi, auquel sont confiés les intérêts généraux.

» Sans qu'il soit besoin de rappeler ici les nombreuses pétitions dont l'emprunt d'Haïti a été l'objet pendant nombre d'années, les Prêteurs de cet emprunt croient devoir faire remarquer qu'après avoir secondé les vues du Gouvernement français dans cette opération, ils ont dû, à leur détriment, en 1838, faciliter encore le Gouvernement d'Haïti en lui faisant abandon de dix années d'intérêts arréragés à 6 p. 100, s'élevant à la somme de douze millions de francs, et à réduire pour l'avenir à 3 p. 100 l'intérêt annuel, stipulé à 6 p. 100 par le contrat d'emprunt. Cet énorme sacrifice, volontairement fait par les Porteurs de titres de l'emprunt, devrait d'autant plus militer en leur faveur, qu'il a servi à réduire jusqu'à ce jour la circulation de cette valeur à douze mille obligations de mille francs, qui, à raison de 3 p. 100 d'intérêt, ne constituent qu'une annuité, sans amortissement, de trois cent soixante mille francs, somme infiniment trop minime pour qu'il soit impossible aux ressources du trésor d'Haïti de ne pas y faire droit, si le Gouvernement français en réclame sérieusement le service.

» Pleins de confiance dans votre sollicitude pour tout ce qui touche à l'honneur du pays et l'intérêt des citoyens, les Membres du Comité des Porteurs de titres de l'emprunt d'Haïti réclament, tant en leurs noms qu'en celui de leurs nombreux Commettants, votre appui auprès du Gouvernement du Roi, afin de faire cesser, à leur égard, la fâcheuse et intolérable position que suscite l'étrange oubli du Gouvernement d'Haïti.

» Nous sommes avec un profond respect, Messieurs les Députés, vos très humbles et très obéissants serviteurs,

» *Les membres du Comité des Porteurs de titres de l'emprunt d'Haïti*

» *Signé :* GUYNET, VAUR, GUITTON, SARRANS aîné, MONGROLLE, GOUBOT et DUBOURG. »

Paris, 14 février 1845.

Ministère des affaires étrangères.

Direction politique.

Bureau d'Amérique et des Indes.

« J'ai reçu, Messieurs, la lettre que vous m'avez fait l'honneur de m'écrire le 29 janvier dernier.

» Je ne puis que me référer aux termes de la lettre que je vous ai moi-même adressée le 19 août 1844. Les intentions du Gouvernement du Roi sont toujours les mêmes, et je vais prendre des mesures pour que M. le Consul général à Port-au-Prince, ainsi que M. le Capitaine Lartigue, Commandant la station navale, renouvellent leurs démarches en faveur des Porteurs de l'emprunt d'Haïti.

» Recevez, Messieurs, l'assurance de ma parfaite considération.

» *Pour le Ministre, et par autorisation,*

» *Le Conseiller d'Etat, Directeur,*

» *Signé*, Em. DESAGES. »

Vers la fin d'avril, des Commissaires extraordinaires d'Haïti étant arrivés à Paris, le Comité adressa au Ministre la lettre suivante :

Paris, le 10 mai 1845.

A Monsieur le Ministre de l'intérieur, faisant l'intérim de Monsieur le Ministre des affaires étrangères.

« Monsieur le Ministre,

» Au moment où des négociations vont s'ouvrir avec les Commissaires envoyés par la République d'Haïti, pour s'entendre avec le Gouvernement du Roi sur le sursis qu'elle réclame pour l'acquittement de sa dette envers la France, les soussignés, Délégués des porteurs de titres de l'emprunt contracté sur la place de Paris, en 1825, par la République, ont l'honneur d'appeler la sollicitude de Votre Excellence sur les intérêts qu'ils sont chargés de représenter, et, à cet effet, ils croient devoir mettre succintement sous vos yeux les circonstances diverses qui se rattachent à l'origine de l'emprunt, et celles sur lesquelles reposent les titres qu'ils ont à la protection du Gouvernement de Sa Majesté (1).

» Les Soussignés osent espérer que cet exposé rapide mettra Votre Excellence à même d'apprécier la malheureuse position des Porteurs de titres de l'emprunt, et qu'elle voudra bien leur accorder son intervention favorable, en recommandant à M. le Commissaire français, dans les négociations qui vont s'ouvrir avec les Envoyés de la République d'Haïti, de stipuler l'exécution des engagements contractés par elle envers les prêteurs.

» Nous avons l'honneur de prier Votre Excellence d'agréer l'assurance de notre profond respect.

» *Les Membres du Comité de l'emprunt.* »

(1) Voir la pétition aux deux Chambres, page 9.

Paris, 14 juin 1845.

Mémoire adressé par le Comité à Monsieur le Ministre des affaires étrangères.

« Monsieur le Ministre,

» Les Membres composant le Comité de l'emprunt haïtien ont reçu des preuves si multipliées de la haute bienveillance de Votre Excellence pour les intérêts confiés à leurs soins, qu'ils osent espérer que vous accueillerez avec la même bonté les nouvelles observations qu'ils prennent aujourd'hui la liberté de vous soumettre.

» Il s'agit, Monsieur le Ministre, des résultats possibles de la mission dont les Commissaires haïtiens actuellement à Paris ont été chargés par leur Gouvernement, et de l'influence décisive que ces résultats peuvent exercer tant sur la fortune des Bénéficiaires de l'indemnité que sur celle des Créanciers français au titre d'emprunt, et même sur le rétablissement et la consolidation de l'ordre dans cette République, si long-temps et si cruellement éprouvée par l'anarchie révolutionnaire.

» Les Membres du Comité de l'emprunt ne vous rappelleront pas les diverses phases de cette question depuis le traité du 12 février 1838, qui stipulait le paiement d'une indemnité de soixante millions de francs en faveur des anciens Colons de Saint-Domingue, et l'engagement pris par la République de consacrer annuellement un million de francs à l'amortissement et au service des arrérages de l'emprunt jusqu'à la mission de M. Barrot, qui eut pour but d'exiger du Gouvernement haïtien le paiement, en souffrance, de l'annuité échue en 1843.

» Votre Excellence connaît mieux que les Soussignés toutes les vicissitudes à travers lesquelles ce Gouvernement est arrivé à l'état d'épuisement profond qui a motivé l'envoi en Europe des Commissaires qui sollicitent aujourd'hui auprès de Votre Excellence un sursis au paiement de l'indemnité due aux Colons, considéré par eux comme indispensable. Toutefois, il ne saurait être sans utilité de rappeler au souvenir de Votre Excellence deux circonstances intimement liées à l'objet de ces observations.

» A la suite des événements politiques qui firent passer la direction des affaires d'Haïti des mains du Président Boyer à celles du Général Rivière Hérard, le nouveau Gouvernement adressa au Cabinet français une première demande de sursis; mais, supposant avec raison que le trésor d'Haïti possédait plus de ressources qu'il n'en avouait, le Ministère ne répondit à cette sollicitation que par l'envoi d'un Commissaire du Roi, chargé de réclamer impérativement l'exécution des traités de 1838, et principalement l'acquittement de l'annuité échue en 1843. Tel fut le but de la mission confiée à M. Barrot, dont le succès fut incomplet malgré les assurances données par Votre Excellence, en faveur des Porteurs de l'emprunt, dans la dépêche qu'elle nous nous fit l'honneur de nous adresser le 11 octobre 1843, puisque M. le Commissaire français ne se fit point délivrer les fonds des arrérages des deux semestres échus également à cette époque. Mais bientôt un nouveau changement s'opéra dans le personnel du Gouvernement haïtien; une nouvelle élection fit passer le pouvoir du Général Hérard au général Guerrier, qui renouvela auprès du Gouvernement Français la demande d'un sursis de paiement. Cette fois la réalité de l'état de détresse qui motivait cette demande n'échappa point à la sagesse de Votre Excellence, qui, ne pouvant obtenir un paiement impossible à effectuer, crut devoir s'abstenir de toute mesure coercitive et garder le silence de manière à aviser ultérieurement comme le commanderait l'intérêt de ses nationaux. Mais cette situation même était pour le Gouvernement haïtien une cause d'appréhensions incessantes, auxquelles il a voulu naturellement mettre un terme en envoyant à Paris une Légation chargée de renouveler la demande du sursis et d'en négocier les conditions.

» Nous ignorons, Monsieur le Ministre, la nature et le progrès de cette négociation, dont Votre Excellence a confié la conduite aux soins éclairés de M. Adolphe Barrot; mais, si nous sommes bien informés, le sursis en question serait sollicité pour six années, y compris les deux années déjà expirées, c'est-à-dire 1844 et 1845, et le Gouvernement haïtien offrirait à la France des modifications au tarif de douanes sur certaines provenances de l'industrie et du sol français, modifications dont la durée serait égale à celle du sursis de paiement. En cas de non-acceptation de cet arrangement, le trésor haïtien offrirait de servir, aussi long-temps que durerait le sursis, un intérêt légal de 4 ou 5 pour 100 sur le montant des annuités ajournées, et ces intérêts seraient versés annuellement à la Caisse des dépôts et consignations, à l'échéance du 30 juin.

» Nous nous plaçons dans ces hypothèses, Monsieur le Ministre, et, convaincus que les conditions offertes par le Gouvernement haïtien sont *les seules* que sa position comporte, nous venons supplier Votre Excellence de ne point les repousser. Quelles seraient, en effet, les conséquences inévitables de ce rejet ? Une fin de non-recevoir, c'est-à-dire le *statu quo*, qui serait aux yeux de la nation haïtienne l'indice certain d'une arrière-pensée et d'une velléité agressive de la part de la France. Or, dans les circonstances actuelles, rien ne serait plus propre à jeter la perturbation dans les esprits, à nourrir des appréhensions perpétuelles, à compromettre la tranquillité à peine rétablie et toujours menacée dans ce malheureux pays, à paralyser toutes les transactions commerciales, à empêcher l'ordre de renaître dans l'administration financière de la République, à précipiter l'épuisement de ses dernières ressources sous le prétexte de faire des armements pour pourvoir à la défense du Pays incessamment menacé par la France, enfin à enhardir les malveillants à susciter de nouveaux troubles et de nouveaux désordres; et tout cela, Monsieur le Ministre, sans aucun résultat utile pour l'un ni pour l'autre pays, nous pourrions même dire au grand préjudice de tous les deux.

» En effet, si, eu égard à l'impossibilité où dit être actuellement la République de reprendre le service du paiement des annuités dues aux Colons, et si, d'un autre côté, le Gouvernement du Roi, pour conserver la liberté ultérieure de ses mouvements, croyait devoir maintenir le *statu quo*, qu'arriverait-il ? Que, lorsqu'après un délai plus ou moins éloigné, il voudrait arriver à une solution, Haïti reproduirait infailliblement sa demande de sursis ; car dans l'état précaire, incertain, où l'aurait laissée un silence menaçant, elle n'aurait pu réaliser aucune économie, ni accumuler aucune réserve. Tout serait donc alors à recommencer, après avoir inutilement perdu du temps, et dans des conditions peut-être aggravées.

» Que si, au contraire, le sursis sollicité par le Gouvernement haïtien lui est accordé, il est évident : 1° que le commerce français bénéficiera des modifications offertes dans le tarif des douanes, et que les relations internationales se multiplieront sous l'influence d'un sentiment de gratitude et de bienveillance ; 2° que les Colons et les Porteurs de l'emprunt seront successivement nantis de l'intérêt des annuités en souffrance, ce qui allégera d'autant la liquidation définitive de leur créance ; 3° enfin, que libre de toute inquiétude sur sa sécurité au dehors, l'administration des finances pourra prendre des dispositions efficaces pour se créer des ressources suffisantes à la reprise du paiement de sa dette. Et ces ressources, il faut le reconnaître, Monsieur le Ministre, si elles ne sont point taries par de nouvelles commotions, peuvent devenir supérieures, non seulement aux besoins de la dette haïtienne, mais encore à toutes les nécessités du service intérieur. Il ne s'agit pour les créer surabondamment, et le Gouvernement haïtien est prêt à entrer dans ces voies, que d'imposer le tafia, boisson ordinaire du peuple, qui ne rapporte presque rien aujourd'hui au fisc, de mettre en régie la culture du tabac et la vente des poudres, enfin de garder pour l'Etat le monopole de l'exploitation des bois d'acajou, tant sur le continent que sur les îles de la Tortue et de la Gonave. Ces sources de revenus, exploitées avec sagesse et persévérance, suffiront, nous le répétons, pour faire face dans peu d'années à tous les engagements de la République. Or, la France, dans ses intérêts bien compris, ne doit-elle pas seconder le développement de ces projets d'amélioration, qui sont aussi des élements d'ordre et de prospérité ? Agir différemment, ce serait, nous le croyons du moins, compromettre la protection que les Ministres du Roi tiennent à accorder aux intérêts légitimes de leurs Concitoyens. Telle sera aussi votre opinion, Monsieur le Ministre, et vous daignerez accueillir, avec votre prudence habituelle, la demande de sursis que les Commissaires d'Haïti ont adressée à Votre Excellence, demande qu'en raison de la situation même des choses, les Porteurs de titres de l'emprunt croient qu'il est d'une politique bien entendue d'accorder.

» Dans la prévision, fondée sur les considérations que nous venons d'avoir l'honneur de vous exposer, d'une solution favorable à la mission des Commissaires haïtiens, les créanciers de l'emprunt vous prient, par notre organe, Monsieur le Ministre, de prendre leur situation malheureuse en sérieuse considération. Il ne leur a été rien payé depuis le 1er janvier 1843, et il va leur être dû, au 1er juillet prochain, cinq semestres d'arrérages. Ce retard est désastreux pour quelques uns d'entre eux, et il devient intolérable pour tous.

» Pleins de confiance dans la haute intelligence de Votre Excellence,

» Nous avons l'honneur d'être avec respect, Monsieur le ministre, vos très humbles et très obéissants serviteurs,

» *Les Membres du Comité des Porteurs de titres de l'emprunt d'Haïti contracté sur la place de Paris.*

» *Signé :* GUYNET, SARRANS aîné, DUBOURG, J.-P. VAUR, GOUBOT, MONGROLLE. »

Paris, 17 juin 1845.

Ministère des affaires étrangères.

Direction politique.

Bureau d'Amérique et des Indes.

« Messieurs,

» J'ai reçu la lettre que vous m'avez fait l'honneur de m'écrire le 10 mai dernier, au nom des Porteurs de titres de l'emprunt d'Haïti. Le Gouvernement du Roi ne perd pas de vue des intérêts aussi importants que ceux qui vous sont confiés, et ne néglige aucune occasion de les rappeler au Gouvernement haïtien.

» Recevez, Messieurs, l'assurance de ma parfaite considération.

» *Signé :* GUIZOT. »

Paris, 15 juillet 1845.

Ministère
des affaires étrangères.

Direction politique.

Bureau d'Amérique.
et des Indes.

» J'ai reçu, Messieurs, la lettre que vous m'avez fait l'honneur de m'écrire, le 14 juin, au sujet de la mission des Envoyés de la République d'Haïti.

» Vous reconnaîtrez facilement que le Gouvernement du roi, dans les déterminations qu'il peut avoir à adopter relativement à l'exécution du traité conclu, en 1838, avec cette République, doit se préoccuper, avant tout, des intérêts que ce traité a eu pour but de garantir. Du reste, il ne perd pas de vue non plus la position des créanciers de l'emprunt d'Haïti, et vous le trouverez toujours disposé à appuyer leurs droits autant que les circonstances le permettront.

» Recevez, Messieurs, l'assurance de ma parfaite considération.

« *Signé :* GUIZOT. »

La mission des Envoyés d'Haïti n'ayant eu aucun résultat, le Comité reçut de leur part la lettre suivante, datée d'Angleterre.

Southampton, 2 septembre 1845.

« Messieurs,

» Nous n'avons pas reçu par les derniers arrivages, comme nous l'espérions, les instructions de notre Gouvernement, relativement à l'affaire de l'Emprunt.

» Nous partons aujourd'hui pour notre pays, où nous ne manquerons pas de rendre compte à notre Gouvernement de vos bonnes dispositions et de vos bons procédés. La sainteté de votre dette est reconnue, et nous appuierons de tout notre pouvoir les mesures destinées à amener son acquittement.

» Nous vous prions d'agréer, Messieurs, l'assurance de notre haute considération.

» *Les Envoyés de la République d'Haïti.*

» *Signé :* J. GEORGES, A. ELIE. »

L'année 1845 s'étant écoulée sans avoir obtenu le moindre résultat, le Comité jugea à propos de convoquer une assemblée générale, à l'effet de rendre compte de ses nombreuses démarches et de proposer de nouvelles mesures. Voici le procès-verbal.

« Cejourd'hui, 15 février 1846, une heure de l'après-midi, Messieurs les Porteurs d'annuités d'Haïti se sont réunis au palais de la Bourse, avec la permission de Monsieur le Préfet de police. Le bureau représentant le Comité se composait de MM. Guynet, président, baron Vaur, Sarrans aîné, Dubourg, Mongrolle et Guitton, faisant fonctions de sécrétaire.

» M. Guynet a ouvert la séance en ces termes :

» Messieurs,

» Un intervalle de 15 mois s'est écoulé depuis le jour où nous nous sommes réunis dans cette enceinte; notre dernière assemblée remonte, en effet, au 13 octobre 1844.

» Alors nous avions plusieurs raisons d'espérer de voir le Gouvernement haïtien s'occuper sérieusement de faire droit à nos légitimes réclamations, en reprenant, dans un court délai, le service de son Emprunt que les événements politiques l'avaient forcé d'interrompre. Tout semblait, à cette époque, nous le promettre : d'une part, nous comptions sur une intervention efficace de notre Gouvernement et sur l'appui que nous avait promis Monsieur le Ministre des affaires étrangères, qui, dans une audience, nous avait manifesté ses sympathies sur notre position. D'autre part, le Trésor était encore muni d'une assez forte réserve pour qu'il fût possible au Gouvernement d'Haïti d'en distraire une somme d'environ 350,000 fr. suffisante pour le paiement des arrérages des deux semestres de 1843; d'un autre côté, la situation politique du pays apparaissait sous un aspect plus rassurant, et l'obligation de satisfaire la dette contractée envers la France, d'abord mise en question par ceux que a révolution qui avait renversé le Président Boyer venait d'investir du pouvoir, n'était plus contestée. Nous avions même été informés que, pour remplir ses engagements envers la France, le Gouvernement haïtien avait fait partir pour Londres deux négociateurs, avec mission de traiter d'un emprunt avec une Compagnie anglaise au moyen d'une concession qui lui aurait été assurée en Haïti. L'opération était fort avancée et sur le point de se conclure, lorsque de nouveaux événements survenus vinrent la faire échouer. Le général Hérard, qui avait été nommé Président de la République, avait déclaré formellement à M. Adolphe Barrot, envoyé en Haïti en 1843, l'intention où était le Gouvernement haïtien d'exécuter loyalement le traité financier conclu en 1838.

» A cette occasion, vous vous rappellerez, Messieurs, que, la mission de M. Adolphe Barrot ayant eu pour but de réclamer l'exécution de ce même traité, on fut généralement étonné, à son retour en France, effectué peu de temps avant votre assemblée d'octobre, de le voir revenir ne rapportant que les fonds uniquement applicables au paiement de l'annuité due aux Colons, et rien pour l'emprunt. Cependant les intérêts que nous représentons devaient se trouver également placés sous la tutelle et sous la protection du Gouvernement du Roi, au même titre que ceux de l'indemnité, puisque d'ailleurs il a été stipulé pour eux entre les Commissaires français et haïtiens dans le procès-verbal de la sixième conférence tenue au Port-au-Prince : ce qui doit, par cette raison, le faire considérer comme une annexe au traité financier de 1838.

» Ce résultat incomplet de la mission de M. Adolphe Barrot, si contraire aux assurances que Monsieur le Ministre des affaires étrangères nous avait données dans sa dépêche du 11 octobre 1843, avait été l'objet de justes critiques et de plaintes fondées ; pour en atténuer l'effet, le Gouvernement fit insérer dans les journaux que M. Adolphe Barrot, au moment de son départ, avait obtenu du président Hérard l'engagement, pris solennellement au nom de la République, qu'il allait envoyer immédiatement en France deux Commissaires avec les fonds nécessaires pour acquitter les deux semestres de l'emprunt échus en 1843.

» Nous étions donc, au moment de notre réunion, fondés à nous attendre de recevoir ces mêmes arrérages d'un jour à l'autre ; et pour peu que le Gouvernement du Roi eût mis de l'insistance à les réclamer en invoquant l'engagement pris solennellement par le Président de la République envers le Commissaire français, il n'est pas douteux que l'envoi des fonds n'eût été fait.

» Nous n'avons pas ici l'intention de récriminer sur les faits accomplis ; mais il est véritablement regrettable que Monsieur le Ministre des affaires étrangères, par suite d'une opinion erronnée, ait fait une distinction entre la dette de l'indemnité et celle de l'emprunt, car cette erreur, de sa part, nous a été préjudiciable dans cette circonstance et dans celles qui l'ont suivie : en ce sens que, dans les instructions données à M. Adolphe Barrot, il n'avait l'ordre que d'agir officieusement pour l'emprunt, et que cette erreur a eu encore pour effet de nous livrer à la merci du Gouvernement haïtien, qui s'est trouvé ainsi mis fort à l'aise pour satisfaire à ses engagements.

» Les journaux vous ayant tenu au courant des événements et des réactions politiques dont ce malheureux pays a été le théâtre, et qui s'y sont succédé avec tant de rapidité depuis votre assemblée d'octobre 1844, nous n'aurons pas à vous en entretenir ; nous nous bornerons à vous rendre compte que, quelque temps après l'avénement au pouvoir du général Guerrier, les ressources du trésor n'ayant pas été jugées suffisants pour en distraire les sommes nécessaires à l'acquittement de la dette envers la France, le Gouvernement haïtien se détermina à adresser la demande d'un sursis pour le paiement de l'indemnité des Colons, dont l'annuité était échue en juillet 1844, et à envoyer, à cet effet, en France deux Commissaires avec mission de l'obtenir sous certaines conditions. Après beaucoup de remises, ces Commissaires arrivèrent en France dans les premiers jours de mai de l'année dernière. Aussitôt que l'avis nous en fut donné, nous n'eûmes rien de plus pressé que de nous mettre en rapport avec eux. Quel ne fût pas notre étonnement en apprenant, dans notre première visite, que non seulement ils n'étaient pas porteurs de fonds pour acquitter les arrérages de l'emprunt, mais encore qu'ils étaient partis si à la hâte que leur Gouvernement n'avait pu leur remettre des instructions à ce sujet ; qu'il était probable qu'ils ne tarderaient pas à les recevoir, et qu'ils allaient, dans tous les cas, demander qu'on leur en fît promptement l'envoi! Du reste, Messieurs, les Envoyés haïtiens ne furent point avares de protestations sur les bonnes dispositions de leur Gouvernement de satisfaire à sa dette envers nous, qu'il regardait comme sacrée, et qu'il n'entrait pas dans ses intentions de nous imposer de nouveaux sacrifices, comme si ce n'en était pas déjà un considérable que le retard qu'il nous faisait subir! Nous fûmes informés que leur mission avait effectivement pour but d'obtenir un sursis de six ans au paiement de l'indemnité, et nous acquîmes à peu près la certitude que le sort réservé à l'emprunt était subordonné au succès de cette demande.

» Nous apprîmes en même temps que des négociations allaient s'ouvrir avec les Envoyés haïtiens, et que la conduite en était confiée aux soins de M. Adolphe Barrot. Nous demandâmes aussitôt une audience à M. le Ministre de l'intérieur, qui faisait en ce moment l'intérim de M. le Ministre des affaires étrangères; cette audience nous fût immédiatement accordée. Votre Comité, après avoir appelé l'attention du Ministre sur la justice de vos réclamations- et invoqué sa sollicitude en faveur d'intérêts si dignes de l'appui du Gouvernement du Roi, lui remit un mémoire explicatif de tous les faits qui se rattachaient à l'emprunt, et que Monsieur le Ministre nous promit d'examiner avec une sérieuse attention.

» Quelques jours après, le Comité jugea à propos d'adresser à Monsieur le Ministre des affaires étrangères un nouveau mémoire à l'appui de la demande de sursis pour le paiement de l'indemnité. Sa détermination fut prise dans la conviction que cette mesure serait favorable à l'emprunt. D'ailleurs, elle était suffisamment motivée par l'état de détresse du Trésor haïtien, et paraissait être dans l'intérêt bien entendu des deux Pays, en raison des conditions sous lesquelles le sursis était réclamé. Ce mémoire, dont vous avez déjà lu le contenu, aura, sans doute, laissé dans votre esprit la même opinion qu'en a eue le Comité, par les considérations politiques qui y sont développées.

» Dans ces entrefaites, le Gouvernement reçut tout à la fois la nouvelle de la mort du Président Guerrier et l'avis que le général Pierrot avait été appelé à lui succéder. Cet événement fit suspendre les négociations, qui furent plus tard abandonnées sans avoir reçu une solution officielle, ainsi que le constate la lettre des Envoyés haïtiens adressée au Comité, à leur départ d'Angleterre. Le Gouvernement n'a rien laissé transpirer sur ses intentions au sujet de cette demande de sursis, ni sur ses projets ultérieurs à l'égard des mesures qu'il compte prendre pour garantir les intérêts nombreux qui se trouvent engagés dans la question d'Haïti. — Les derniers avis qui viennent d'arriver ne peuvent manquer d'appeler aujourd'hui sa plus sérieuse attention sur ces mêmes intérêts.

» La situation politique du pays s'est beaucoup aggravée depuis que le général Pierrot a été placé à la tête du Gouvernement; les actes arbitraires de son administration et ses procédés insolites viennent d'amener une rupture entre Monsieur le Consul français et le Gouvernement haïtien. Ce conflit aura, nous l'espérons du moins, l'avantage de faire sentir au Gouvernement du Roi qu'il ne peut plus ajourner les mesures qu'il est de son devoir de prendre, dans une situation pareille, pour sauvegarder les intérèts de ses nationaux, déjà si gravement compromis par une inertie qui mérite de justes reproches.

» Il va vous être donné lecture de la pétition que nous vous proposons d'adresser aux deux Chambres; nous vous inviterons ensuite à vouloir bien la signer. Vous remarquerez, Messieurs, que nous nous sommes attachés, dans cette pétition, à combattre la distinction que veut faire Monsieur le Ministre des affaires étrangères entre les deux dettes: c'est-à-dire celle de l'indemnité et celle de l'emprunt, qui, ayant, l'une et l'autre, la même origine, ont des droits égaux à la protection du Gouvernement. Espérons que des voix généreuses et jalouses de la dignité du pays se feront entendre à l'appui de nos justes réclamations.

» Vous reconnaîtrez avec nous, Messieurs, la nécessité où nous nous trouvons de faire quelques frais pour donner de la publicité à nos réclamations et subvenir à d'autres dépenses pour en assurer le succès. Le seul moyen d'y pourvoir est que tous les Porteurs de titres y contribuent dans la proportion du nombre d'obligations dont ils sont détenteurs. Votre Comité vous propose donc une cotisation, en laissant à votre appréciation le soin d'en fixer le chiffre. Nous pensons que 25 cent. par obligation sont au moins indispensables.

» Les Membres de votre Comité, considérant les pouvoirs que vous leur aviez confiés comme expirés, vous aurez, Messieurs, à procéder, par la voie du scrutin, à la formation d'un nouveau Comité de neuf membres.

» Nous inviterons ceux de Messieurs les plus forts intéressés dans l'emprunt à vouloir bien en faire partie et à s'approcher du bureau. »

L'Assemblée procède à la formation d'un nouveau Comité. Les membres composant le bureau sont confirmés, et l'on y adjoint MM. le comte de Galléon-Gadagne, Damiron et Lebrun, avec autorisation, en cas d'absence des titulaires, d'appeler en remplacement cinq membres suppléants, choisis parmi les principaux intéressés.

Le Président ayant mis aux voix la proposition de faire un versement de 25 centimes par chaque annuité, chez M. Dubourg, banquier, rue Fontaine-Molière, 33, cette proposition a été acceptée à l'unanimité; mais son exécution a été fort incomplète, le plus grand nombre des intéressés s'étant abstenus de faire le versement.

Après avoir voté des remercîments à l'ancien Comité, le Président a présenté à la signature de l'Assemblée une pétition aux deux Chambres, et a clos la séance.

A Paris, le 15 février 1846.

Les Membres du Comité des porteurs de titres de l'emprunt d'Haïti,

GUYNET, président, DUBOURG, SARRANS aîné, GUITTON, J. P. VAUR.

« Messieurs les Députés,

» Une période de plus de vingt années s'est écoulée depuis que le Gouvernement de la République d'Haïti fut autorisé à négocier sur la place de Paris un emprunt de trente millions de francs, destiné à payer le premier cinquième des conditions stipulées par l'ordonnance royale du 17 avril 1825, en retour de la reconnaissance de l'indépendance de l'ancienne Colonie de Saint-Domingue.

» Sans vouloir reproduire ici toutes les circonstances qui présidèrent à cet emprunt, nous nous permettrons d'appeler votre attention sur les faits principaux qui déterminèrent et facilitèrent son émission.

» Le Gouvernement français ne dissimulait pas l'intérêt politique qu'il attachait à ce que l'emprunt se fît en France, car on avait lieu de craindre alors que des Compagnies anglaises n'obtinssent la préférence. L'emprunt fut donc présenté comme une opération *éminemment française*, digne d'être nationalisée! Ce furent ces expressions (voir le *Moniteur* de l'époque) qui excitèrent les capitalistes à seconder les vues du Gouvernement. Cet emprunt, disait-on, pouvait être considéré comme un emprunt français, puisqu'il était destiné à indemniser des citoyens français, et que son produit devait être déposé dans une Caisse publique française (la Caisse des consigations), chargée d'en faire la répartition aux anciens Colons.

» Ce fut donc à tort que la dette d'Haïti envers les Porteurs des titres de son emprunt ne fut pas comprise dans le traité financier du 12 février 1838; en effet, le produit de l'emprunt ayant été appliqué au paiement du premier cinquième de l'indemnité stipulée, en faveur des anciens Colons de Saint-Domingue, par les conventions de 1825, rattachait naturellement l'emprunt au susdit traité : c'est d'autant plus évident, que l'emprunt est né de l'indemnité; que, sans l'indemnité, l'emprunt n'aurait pas eu lieu, et que, sans l'emprunt, les Colons n'auraient pas touché le premier cinquième de l'indemnité.

» Les Porteurs de titres de l'emprunt se trouvaient incontestablement subrogés de droit aux Colons pour la somme qu'ils avaient versée à la Caisse des consignations.

» Ce n'était, en définitive, que des citoyens français substitués à d'autres citoyens français, envers le Gouvernement haïtien, ayant le même droit à la protection de leur Gouvernement; on pourrait même dire : *y ayant encore plus de droits*, si l'on considère les circonstances qui les avaient induits à faire le prêt; à savoir : l'excitation du Gouvernement et l'intérêt politique qui avait provoqué cette excitation.

» A la vérité, les Commissaires français, dans la conférence qui eut lieu au Port-au-Prince, immédiatement après la conclusion du traité de 1838, exigèrent du Gouvernement haïtien qu'un million de francs serait envoyé chaque année à Paris, pour être appliqué au service des intérêts de l'emprunt et à son amortissement; le Gouvernement haïtien s'y engagea formellement, et cet engagement est constaté par le procès-verbal de la sixième et dernière conférence, qui a été considéré, par le Ministre des affaires étrangères d'alors, comme une annexe au traité financier, puisqu'il est revêtu des mêmes signatures, et doit par conséquent avoir même force et même valeur.

» Confiants dans cet engagement solennel, les Porteurs de titres de l'emprunt comptaient sur la ponctualité du Gouvernement haïtien à en remplir les conditions; mais ce n'était encore, de la part de ce Gouvernement, qu'une promesse fallacieuse; car, dès l'envoi du premier million, on apprit que l'intention du Gouvernement d'Haïti était de liquider son emprunt en affectant ce million au remboursement de mille obligations de 1,000 francs, avec abandon, de la part des Porteurs de titres de l'emprunt, des intérêts arriérés depuis dix ans, soit vingt semestres à 30 fr. l'un, formant la somme énorme de 16,650,000 fr., et, de plus, réduction pour l'avenir à trois pour cent de l'intérêt, stipulé à six par le contrat d'emprunt.

» Livrés à la merci de leur débiteur, les Porteurs de titres de l'emprunt se virent ainsi dans la douloureuse nécessité de subir ce sacrifice énorme; mais la mesure des sacrifices exigés, par la République, de ses prêteurs, n'était pas encore comblée, puisque depuis le 1er janvier 1843 elle a cessé ses envois de fonds à Paris, tant pour l'emprunt que pour l'indemnité.

» Le Gouvernement du Roi envoya, en octobre 1843, un Commissaire extraordinaire à Haïti (M. Adolphe Barrot), pour réclamer l'exécution du traité financier de 1838; mais il paraîtrait qu'aucune instruction officielle ne lui fût donnée en ce qui concernait l'emprunt. En effet, M. le Ministre actuel des affaires étrangères, en rendant compte à la Chambre du résultat de cette mission (dans sa séance du 1er juin 1844), établit une distinction entre la dette d'Haïti envers les anciens Colons et celle provenant de l'emprunt de 1825. Cette distinction, aussi injuste qu'elle est illogique, n'a pu être que le résultat d'une erreur, et cette erreur a eu les plus funestes conséquences pour les réclamants, puisque M. Barrot n'a rapporté d'Haïti que les fonds destinés à l'indemnité, et rien pour l'emprunt.

» Dans cet état des choses, les soussignés réclament l'exécution pleine et entière des stipulations contenues dans le procès-verbal de la conférence précitée ; et, pleins de confiance dans la sollicitude de la Représentation nationale pour tout ce qui touche à l'honneur du pays et à l'intérêt des citoyens, ils portent leurs doléances devant elle et comptent sur son puissant appui.

» Nous sommes avec un profond respect, messieurs les Députés, vos très humbles et très obéissants serviteurs. »

(*Suivent les signatures.*)

Au moment du rapport de la pétition à la Chambre des Députés, un membre du Comité fit paraître, le 1er mai 1846, les lignes suivantes :

« Lorsque, par suite du traité du 30 mai 1814, les puissances étrangères, signataires de ce traité, réservèrent à la France le droit de rétablir l'autorité du Roi sur l'ancienne Colonie de Saint-Domingue, une des premières pensées du Gouvernement de la Restauration fut de ramener à l'obéissance la population de cette Colonie, soit par voie de conciliation, soit, au besoin, par la voie des armes. — Les premières tentatives furent faites en 1814. Dès cette époque, jusqu'à 1825, diverses missions eurent lieu, à la suite desquelles fut octroyée l'Ordonnance du 17 avril 1825.

» Cette Ordonnance était toute conditionnelle. Elle exigeait, en retour de l'indépendance, une indemnité de *cent cinquante millions de francs* en faveur des anciens Colons, et, de plus, la réduction au demi-droit pour le pavillon français.

» Le négociateur au nom du Roi (M. le baron de Mackau) parvint à faire accepter par Haïti les stipulations conditionnelles de l'Ordonnance, et, malgré les ressources qu'on supposait à ce pays, il ne douta pas un instant qu'il serait obligé de contracter un emprunt, pour pouvoir satisfaire à ses obligations. Dans cette conviction, M. le baron de Mackau échangea plusieurs lettres avec le général Inginac, premier Ministre d'Haïti, dans le but de réserver aux capitaux français le privilége de la négociation de l'emprunt. Ce fut donc par suite de cette réserve diplomatique que l'emprunt fut contracté en France, sous le patronage du Gouvernement français. Les Moniteurs des 15 et 19 octobre 1825 en font foi, ainsi que la brochure intitulée : *Considérations sur l'Emprunt d'Haïti*, adressée à M. de Larochefoucauld-Liancourt, laquelle était la pensée intime du Gouvernement de cette époque.

» Séduits par ces publications, et toujours prêts à seconder les vues politiques du Gouvernement de la France, les capitalistes français, à l'exclusion de tous autres, ont été conduits, comme par la main, vers un abîme qu'ils ne pouvaient apercevoir, et aujourd'hui qu'ils y sont tombés, d'autres hommes d'État, représentant le Gouvernement français, cherchent à déconsidérer la position des prêteurs, en les traitant de spéculateurs ! Comme si ce n'était pas leur spéculation qui était venue en aide à la politique du Gouvernement, et avait rendu possible l'exécution du premier paiement de l'Ordonnance de 1825 ! comme aussi, si les Prêteurs et les Colons, étant tous Français, n'avaient pas, au même titre, un droit égal à la protection du Gouvernement !...

» Quoi qu'il en soit, la question d'Haïti renferme trois points importants ; à savoir : 1° la garantie de l'Etat pour l'indemnité due aux Colons ; 2° la connexité de la dette de l'emprunt avec l'indemnité ; 3° la manière d'amener le Gouvernement d'Haïti à remplir ses engagements.

» En ce qui concerne la garantie de l'État envers les anciens Colons de Saint-Domingue, elle est trop évidente pour être déclinée. Les traités du 12 février 1838 ayant entièrement fait novation à leurs titres primitifs, sans leur consentement, le Gouvernement ne peut donc se dispenser de leur assurer au moins le faible dédommagement que sa politique a cru devoir stipuler pour eux. Cette opinion a été celle des diverses commissions de la Chambre des Pairs, composées de MM. Lainé, Portal, Siméon, Mounier, Roy, Portalis et d'Audiffret. A ces hommes politiques éminents est venue se joindre l'autorité de M. Dupin aîné, qui ne laisse aucun doute sur les droits qu'ont les Colons à la garantie de l'État.

» En ce qui concerne la connexité de l'emprunt avec l'indemnité, nous répéterons que l'emprunt est né de l'indemnité; que, sans l'indemnité, l'emprunt n'aurait pas eu lieu; que, sans l'emprunt, l'Ordonnance du 17 avril 1834 n'aurait pas eu un commencement d'exécution, et que, par suite, les Colons n'auraient pas touché le premier cinquième de l'indemnité. Ce raisonnement démontre parfaitement, ce nous semble, la connexité de la dette; et, en effet, des jurisconsultes éminents, Dalloz, Delagrange, Hennequin, Dupin jeune, Nicod, Odilon Barrot, Barthe, Berville, Bernard et Toullier, ont entièrement partagé cet avis.

» Quant à la manière de contraindre Haïti à exécuter ses engagements, le Gouvernement du Roi sait, mieux qu'on ne saurait le lui indiquer, ce qu'il convient de faire en pareille circonstance; il sait combien d'infortunes se rattachent à cette affaire, combien le Gouvernement haïtien montre de mauvais vouloir; car il sait qu'il serait facile à ce Gouvernement de se libérer, s'il voulait appliquer à sa libération les ressources naturelles du pays.

» Une démonstration énergique, conduite avec habileté, est désormais indispensable; l'honneur de la France, aussi bien que la protection due aux intérêts des citoyens français engagés dans cette affaire, imposent aux Ministres du Roi le devoir d'employer les moyens qui sont à leur disposition pour atteindre ce but.

» Paris, 1er mai 1846. »

Le 28 décembre 1846, le Comité décida d'adresser la lettre suivante à M. Levasseur, Consul général de France à Haïti :

« Monsieur le Consul général,

» Toutes les fois que nous avons été admis à l'honneur d'entretenir M. le Ministre des affaires étrangères des intérêts français engagés dans l'emprunt contracté par la République d'Haiti, sur la place de Paris, pour l'exécution du traité de 1825, nous avons toujours reçu de Son Excellence, tant verbalement que par lettres officielles (11 octobre 1843, 19 août 1844, 14 février, 17 juin et 15 juillet 1845), les assurances les plus formelles que ces intérêts n'avaient pas cessé d'être l'objet de l'attention sérieuse et de la sollicitude du Gouvernement du Roi, qui était dans la ferme intention d'accorder à cette affaire tout l'appui efficace qui lui était dû. Ces dispositions à ne rien négliger pour soutenir les droits des Porteurs de titres de l'Emprunt nous ont été récemment encore renouvelées, dans une conférence que M. le Ministre nous a accordée, en présence de l'honorable M. Gouin, banquier de la République. Son Excellence a bien voulu ajouter que, dans les dernières instructions qu'elle venait de vous transmettre, elle vous avait spécialement recommandé de profiter de la consolidation à la présidence du général Riché, pour lui faire les représentations les plus pressantes sur l'obligation qu'il y avait pour son Gouvernement de donner satisfaction à des intérêts aussi légitimes que ceux que nous représentons.

» Nous ne saurions douter, M. le Consul général, ni de vos sympathies pour la cause confiée à nos soins, ni de vos efforts à seconder les intentions formelles que nous a manifestées M. le Ministre des affaires étrangères. Et quand bien même le zèle intelligent, l'énergie et la fermeté avec lesquels vous avez, dans plusieurs occasions, défendu les intérêts français, ne seraient pas pour nous une garantie de vos bons offices dans cette nouvelle circonstance, nous la trouverions à la fois dans votre caractère et votre désir d'être utile à vos compatriotes et dans les sentiments d'équité qui vous distinguent. C'est dans cette conviction que les Français intéressés dans l'emprunt d'Haïti viennent, par notre organe, vous prier de leur prêter un appui efficace auprès du Gouvernement haïtien, pour qu'il mette un terme immédiat à l'état d'abandon dans lequel il laisse depuis quatre ans les engagements qu'il a contractés vis-à-vis d'eux, et qu'il a proclamés *dette sacrée.*

» Nous espérons que le Président Riché, dont on s'accorde généralement à louer les sentiments élevés et d'équité, comprendra jusqu'à quel point la position des Porteurs de titres de l'emprunt est injuste, malheureuse, et combien elle s'aggrave en se prolongeant. Il ne leur est plus permis de supporter des délais qui deviennent chaque jour plus désastreux, en raison de ceux qui se sont déjà écoulés. Tant que le pays a été agité par des dissensions politiques, lorsque les discordes civiles l'avaient plongé dans l'anarchie et que l'administration se trouvait livrée à des mains faibles et inhabiles, nous concevions très bien la difficulté où se trouvait le Gouvernement du Roi d'obtenir que celui de la République reprît le service de son emprunt ; mais aujourd'hui que le pays est pacifié, que le calme est rétabli partout, et que les mesures prises par l'administration indiquent de sa part l'intention manifeste d'opérer les plus sages réformes, devenues nécessaires et indispensables pour ramener l'ordre dans les finances en même temps que des ressources certaines, nous ne comprendrions pas que le Gouvernement haïtien ne se préoccupât point de la nécessité de satisfaire, sans délai, au paiement des intérêts échus d'une dette aussi sacrée que celle qui résulte de son emprunt et du crédit public.

» Vous n'ignorez pas, M. le Consul général, que la position des Porteurs de titres de l'emprunt est d'autant plus digne d'intérêt, que, lors de la mission de M. Adolphe Barrot en 1843, les Colons furent mieux traités que les Prêteurs, et cela, par une distinction injuste que rien ne saurait expliquer ni justifier. En effet, M. Barrot ne reçut et ne rapporta que les sommes destinées aux Colons. Confiant dans l'engagement pris solennellement, au nom de la République, par le Président, de faire partir immédiatement pour la France deux Commissaires qui seraient porteurs des fonds nécessaires à l'acquittement des arrérages des deux semestres de 1843, il n'insista pas pour qu'ils lui fussent délivrés, et il se contenta, pour les Prêteurs, de cette promesse formelle, restée jusqu'à ce jour sans effet !

Ce résultat immérité place les Porteurs de titres de l'Emprunt dans une situation plus défavorable que celle des Colons, puisqu'il leur est encore dû l'annuité de 1843, et qu'en bonne et stricte justice les deux dettes devraient être au même niveau.

» Vous n'ignorez pas également, M. le Consul général, les sacrifices énormes que les Porteurs de titres de l'Emprunt se sont imposés *conditionnellement*, en faveur du Gouvernement d'Haïti, par suite des traités de 1838. La renonciation à dix années d'intérêts arréragés, et la réduction de l'intérêt de 6 pour 100 à 3 pour 100, constitueront pour eux l'abandon considérable de la somme de 22,900,680 francs. Du reste, pour vous mettre à même de bien apprécier ce que nous avons fait pour Haïti, et quelle est la situation exacte de ce Gouvernement vis-à-vis des intéressés français, nous vous remettons, sous ce pli, deux documents relatifs aux créances françaises et à leurs droits afférents.

» Par suite de tout ce qui précède, nous venons vous prier, M. le Consul général, d'appeler la sérieuse attention du Gouvernement haïtien sur nos justes réclamations, de les appuyer de toutes les considérations qui vous paraîtront propres à en assurer le succès, à l'effet d'obtenir paiement des huit semestres d'intérêt qui vont échoir après demain, 1er janvier 1847, ou tout au moins les deux semestres de 1843, afin de faire preuve de bonne volonté à notre égard, et de placer au même niveau la dette de l'Emprunt et celle des Colons. Cette dernière mesure nécessite un peu moins de *trois cent soixante mille francs* de la part du trésor d'Haïti; il est hors de doute qu'il ne soit à même de faire face à ce paiement dans un bref délai. Nous savons, M. le Consul général, que vous devez profiter prochainement d'un congé pour la France ; nous serions heureux d'apprendre que vous avez eu le temps de vous occuper de notre affaire. Dans cette confiance, n'étant que les interprètes de vos compatriotes, porteurs, comme nous, de titres de l'emprunt d'Haïti, nous vous offrons, en leur nom et aux nôtres, les sentiments de vive reconnaissance pour les démarches que vous voudrez bien faire en faveur des intérêts que nous représentons. Nous vous serons même fort obligés de nous accuser réception de la présente.

» Veuillez agréer, M. le Consul général, l'assurance de notre haute considération,

» *Le Président et les Membres du Comité des Porteurs de titres de l'emprunt d'Haïti*, 1, *rue Ventadour.*

» *Signé :* GUYNET, Président ; SARRANS aîné, GUITTON, MONGROLLE, comte de GALLÉON GADAGNE, DUBOURG et GUIBOUT.

» Paris, 28 décembre 1846. »

Le 5 février 1847, M. le Consul général de France à Haïti adressa au Comité la réponse ci-après :

Port-au-Prince, 5 février 1847.

« Messieurs,

» Je viens de recevoir la lettre que vous m'avez fait l'honneur de m'adresser sous la date du 28 décembre 1846, et je m'empresse d'y répondre.

» La cause si juste et si intéressante que vous voulez bien recommander à mon attention est, depuis huit ans, l'objet de toute ma sollicitude.

» En défendant ici avec chaleur, ainsi que vous avez la bonté de le reconnaître, les droits des Indemnitaires et des Prêteurs français, je n'ai fait que remplir mes devoirs envers le Gouvernement du Roi, qui m'a fait l'honneur de me confier la mission de veiller sans cesse, en Haïti, à la conservation de nos intérêts nationaux.

» Malheureurement, Messieurs, le zèle dont j'ai pu faire preuve pour obtenir la justice qui vous est due a été, jusqu'à ce jour, fort stérile. Les événements politiques qui, depuis 1843, ont agité la République d'Haïti, et dont les conséquences se font encore si cruellement sentir, ont paralysé tous mes efforts... Cependant, je suis loin d'être découragé, et je veux, avant de quitter Port-au-Prince pour rentrer en France, faire une dernière et vigoureuse tentative ; déjà j'ai obtenu du Gouvernement de la République la promesse formelle de renouer avec moi, dans le courant de mars prochain, les Conférences qui ont été ouvertes il y a deux mois, et dans lesquelles j'ai été assez heureux (je le crois du moins) pour faire comprendre aux Ministres du Président d'Haïti l'impérieuse nécessité de reprendre le plus tôt possible le service de l'emprunt et de l'indemnité.

» Une longue et pénible expérience des affaires haïtiennes m'a rendu trop prudent pour que je me hasarde à vous dire aujourd'hui quel sera le résultat de la nouvelle lutte que je vais soutenir pour vous, au mois de mars ; mais, ce que je puis vous affirmer hardiment, c'est que, cette fois encore, je ne négligerai rien de ce qui dépendra de moi pour la stricte exécution des ordres de Son Excellence le Ministre des affaires étrangères, et pour la défense de nos intérêts nationaux.

» Agréez, je vous prie, Messieurs, l'expression de ma considération la plus distinguée,

» *Le Consul général de France,*

» LEVASSEUR. »

Le Gouvernement français ayant chargé son Consul général, M. Levasseur, de pleins pouvoirs pour réclamer du Gouvernement d'Haïti la reprise de l'exécution du Traité financier du 12 février 1838, il intervint une nouvelle convention entre les deux Gouvernements, à la date du 15 mai 1847, laquelle, échangée et ratifiée à Paris le 15 octobre suivant, porte les termes ci-après :

AU NOM DE LA RÉPUBLIQUE.

Faustin Soulouque, président d'Haïti,

A tous ceux qui ces présentes verront, salut.

» Comme les plénipotentiaires de la République André-Jean-Simon, sénateur, et François Acloque, Représentant du peuple, ont, en vertu des pleins pouvoirs que nous leur avons conférés, conclu, arrêté et signé, en cette capitale, sous la date du 15 courant, avec le sieur André-Nicolas Levasseur, Consul général de France en Haïti, officier de l'ordre royal de la Légion-d'Honneur, plénipotentiaire de S. M. le Roi des

Français, pareillement muni de pleins pouvoirs, une convention dont la teneur suit :

AU NOM DE LA TRÈS SAINTE ET INDIVISIBLE TRINITÉ.

« Sa Majesté le Roi des Français et le Président de la République d'Haïti, désirant d'un commun accord faciliter la reprise de l'exécution du Traité financier du 12 février 1838, interrompue depuis 1844 par des événements de force majeure, ont résolu de régler, par une convention spéciale, un nouveau mode de paiement propre à en écarter les difficultés, et ont choisi à cet effet pour plénipotentiaires, savoir : Sa Majesté le Roi des Français ; le sieur André-Nicolas Levasseur, son Consul général en Haïti, Officier de l'Ordre Royal de la Légion-d'Honneur ;

» Le Président de la République d'Haïti, le Sénateur André Jean-Simon, et le Représentant du peuple, François Acloque ;

» Lesquels, après avoir échangé leurs pleins pouvoirs respectifs, trouvés en due forme, sont convenus des articles suivants :

» Art. 1er. — La République d'Haïti s'engage à reprendre l'exécution du Traité financier de 1838 en 1849, de la manière suivante :

» Art. 2. — A partir du 1er janvier de chaque année, le Gouvernement de la République commencera à effectuer le paiement du terme afférent à l'année courante, en traites sur France, qui lui seront fournies par les négociants consignataires, en acquittement de droits d'importation et de tonnage.

» Art. 3. — A mesure que les traites seront fournies par les négociants consignataires, elles seront immédiatement, et jusqu'à concurrence de la moitié des droits d'importation et de tonnage perçus dans les douanes d'Haïti, passées à l'ordre du ministre des finances de France par le Secrétaire d'état des finances de la République, et remises à l'agent de Sa Majesté, résidant au Port-au-Prince, qui en donnera reçu, et les transmettra à la Caisse des dépôts et consignations, à Paris.

» Art. 4. — En cas que la moitié desdits droits excède

l'annuité à payer, le surplus restera à la disposition de la République ; si, au contraire, la moitié se trouvait insuffisante, la différence serait ajoutée à l'annuité suivante, pour être payée ainsi qu'il est stipulé aux art. 2 et 3 ci-dessus.

» Art. 5. — Les traites qui, après avoir été passées à l'ordre du Ministre des finances de France, viendraient à être protestées pour défaut d'acceptation ou de paiement, seront renvoyées au Ministre des finances de la République, et retranchées du compte courant entre la France et Haïti. Les frais de protêt et de retour seront à la charge de qui de droit.

» Art. 6. — Les termes de cinq années, 1844, 1845, 1846, 1847 et 1848, qui constituent un arriéré de 8,100,000 francs, seront reportés à la fin de la dernière série établie par le Traité de 1838, et seront acquittés en 1868, 1869, 1870, 1871 et 1872, selon le mode déterminé par les art. 2, 3 et 4, ci-dessus.

» Art. 7. — A défaut d'exécution de la présente convention, les parties contractantes seront, de droit, replacées dans les termes et conditions du Traité financier de 1838.

» Art. 8. — La présente convention sera ratifiée, et les ratifications en seront échangées à Paris dans le délai de quatre mois, ou plus tôt, si faire se peut.

» En foi de quoi les Plénipotentiaires ci-dessus nommés ont signé la présente convention en double original, et y ont apposé leurs cachets.

» Fait au Port-au-Prince, le 15e jour du mois de mai de l'an de grâce de 1847.

» LEVASSEUR,
» A. J.-SIMON,
» F. ACLOQUE. »

» Nous, ayant vu et examiné la susdite convention en tous et chacun des points qui y sont énoncés, l'avons acceptée, confirmée et ratifiée, comme, par ces présentes signées de notre main, l'acceptons, confirmons et ratifions, promettant de remplir et d'observer régulièrement tout ce qui y est contenu, d'y tenir la main, et de ne pas permettre qu'il y soit contrevenu ni directement ni indirectement.

» En témoignage de quoi nous avons fait apposer à ces présentes le sceau de la République.

Donné au Palais-National du Port-au-Prince, le 17e jour du mois de mai de l'an de grâce 1847 et de l'indépendance le 44e,

» Soulouque.

Par le Président :

» *Le Secrétaire d'état des finances, du commerce et des relations extérieures,*

» A. Dupuy. »

La base sur laquelle M. le Consul général de France fonda la convention qui précède fut celle du produit des douanes de la République d'Haïti dans l'année 1845. Année de souffrance, d'anarchie et de guerre civile!...

1845. Droits d'importation.	4,274,811 f.
Droits d'exportation.	1,372,736
Total. . .	5,647,547 f.

Par la convention précitée du 15 mai 1847, la République consacre à l'indemnité des anciens Colons la moitié de ses revenus d'importation, c'est-à-dire pour 1845 2,137,405 f.

attendu que l'annuité due aux Colons pour 1849 est	1,700,000
Il y aurait un excédant disponible en faveur de l'emprunt.	437,405
qui se répartirait, savoir : 3 p. 100 d'intérêt sur 11,800 annuités.	354,000
à l'amortissement, comme il sera déterminé	83,405
Somme égale. . .	437,405 f.

Après ce prélèvement fait, il resterait à la République d'Haïti, pour le service de son administration, la somme de 3,510,142 francs, et cela dans une année calamiteuse.

A la suite de la convention du 15 mai 1847, le Gouvernement haïtien ayant envoyé à Paris deux Ministres plénipotentiaires, chargés d'en échanger les ratifications et de faire des propositions aux Porteurs de titres de son emprunt, le Comité adressa le 18 septembre 1847, à M. le Ministre des affaires étrangères, la lettre ci-après :

« Monsieur le Ministre,

» Au moment où des conférences sont sur le point de s'ouvrir, entre vous et les Envoyés du Gouvernement haïtien, au sujet des arrangements financiers qui viennent d'être conclus, à Port-au-Prince, par M. le Consul général avec la République, pour la reprise du paiement de sa dette envers la France, les Porteurs de titres de l'emprunt contracté sur la place de Paris en 1825, informés que les intérêts qu'ils représentent ont été entièrement laissés en dehors des négociations, et que, contrairement à ce qui a été fait pour l'indemnité due aux anciens Colons, il n'a été exigé du Gouvernement haïtien ni stipulé aucun engagement qui puisse assurer aux Prêteurs le paiement de cette partie de la dette, croient devoir protester formellement contre cet abandon, qui n'a pu avoir lieu qu'au mépris de leurs droits, et réclamer, en même temps, que des garanties semblables à celles stipulées dans le traité en faveur de l'indemnité soient également accordées à l'emprunt.

» A cet effet, et à l'appui de cette demande, nous considérons comme une chose utile et nécessaire de rappeler ici la marche qui fut suivie dans une précédente mission, envoyée également en Haïti pour l'objet de la Dette. Les Commissaires français, dans les conférences qui se tinrent à Port au-Prince, et à la suite desquelles est intervenu le Traité de 1838, n'avaient pas, à la vérité, compris dans le corps du Traité financier aucune clause relative à l'emprunt ; mais il fut suppléé à cette omission par un acte séparé, et ils exigèrent du Gouvernement haïtien qu'un million de francs serait envoyé, chaque année, à Paris, pour être affecté au service des intérêts de l'emprunt et à son amortissement. Le Gouvernement haïtien s'y engagea formellement, et cet engagement est constaté dans le procès-verbal de la sixième et dernière conférence, considéré par M. Molé, Ministre des affaires étrangères, comme une annexe à ce même traité financier, puisqu'il est revêtu des mêmes signatures, et doit par conséquent avoir même force et valeur.

» Rien de semblable n'ayant été fait dans les dernières négociations entre M. le Consul général et le Gouvernement haïtien, les Porteurs de titres de l'emprunt, justement alarmés par cette absence de toute stipulation en leur faveur, ne prévoient que trop les conséquences fâcheuses qui en résulteraient pour leurs intérêts, si, pendant qu'il en est temps encore, et avant que le Traité soit soumis à la ratification du Roi, Votre Excellence, conformément aux précédents de 1838, n'exigeait point du Gouvernement haïtien que des engagements semblables soient pris pour assurer également le paiement de cette partie de la dette, laquelle, en raison de sa connexité avec celle de l'indemnité, a droit d'obtenir les mêmes garanties d'exécution. Autrement, les Prêteurs se trouveraient livrés au mauvais vouloir et à la merci du Gouvernement haïtien. C'est ce que ne saurait vouloir le Gouvernement du Roi, qui, dans sa sollicitude, doit une protection égale à tous les intérêts légitimes et nationaux engagés à l'étranger. Ce que veulent les Prêteurs, ce n'est point la garantie de l'Etat, en cas de non-paiement par le Gouvernement haïtien; ce qu'ils demandent, et ce qui ne peut leur être refusé, c'est que les deux dettes, celle de l'Indemnité et celle de l'Emprunt, soient assimilées l'une à l'autre; c'est enfin que l'on ne persiste pas à établir une distinction entre elles qui n'est ni juste ni logique.

» Dans cette conjoncture, les intéressés dans l'Emprunt d'Haïti nous chargent d'insister plus que jamais auprès de Votre Excellence, dans les réclamations qu'ils croient devoir lui adresser contre l'abandon qui a été fait de leurs droits dans les dernières négociations. Ils ont la conviction que, rappelant à votre mémoire les circonstances qui ont présidé à l'origine et à l'émission de l'emprunt, leurs plaintes et leurs représentations seront prises en sérieuse considération par Votre Excellence, qui, dans une juste appréciation des faits, comprendra que le Gouvernement du Roi ne peut décliner la protection qu'il doit à des intérêts aussi importants et tout aussi recommandables que ceux des Colons, surtout lorsqu'un grand nombre d'intéressés français y ont engagé une partie de leur fortune.

» Nous espérons que Votre Excellence prendra les mesures nécessaires pour assurer aux Porteurs de titres de l'emprunt la garantie que leurs intérêts réclament si légitimement.

» Nous avons l'honneur de prier Votre Excellence d'agréer l'hommage de notre profond respect.

» *Les Membres du Comité des Porteurs de titres de l'emprunt d'Haïti.* »

A l'occasion de cette dernière lettre, M. le Ministre des affaires étrangères autorisa M. Levasseur, Consul général présent à Paris, d'assister aux conférences qui auraient lieu entre le Comité des Porteurs de titres de l'emprunt et les Plénipotentiaires d'Haïti, à l'effet d'éclairer les débats et d'en faciliter une solution satisfaisante.

En effet, le 29 septembre 1847, les Ministres plénipotentiaires d'Haïti adressèrent au Comité des Porteurs la lettre suivante :

Au Comité des Porteurs de titres de l'Emprunt d'Haïti.

« Messieurs,

» Le Gouvernement de la République d'Haïti nous ayant chargés de vous faire, de sa part, des propositions relatives à la reprise du service de l'emprunt, nous avons l'honneur de vous convoquer, à cet effet, pour vendredi 1er octobre, à une réunion, soit en notre hôtel, soit dans le local que vous nous assignerez.

» Recevez, Messieurs, l'assurance de notre considération la plus distinguée.

» *Signé :* D. Delva, B. Ardouin, plénipotentiaires de la République d'Haïti.

» Paris, le 29 septembre 1847. »

A Messieurs les Ministres plénipotentiaires de la République d'Haïti.

« Messieurs,

» Je me fais un devoir de vous informer de la résolution du

Comité des Porteurs de titres de l'emprunt d'Haïti de se rendre à la convocation que vous lui faites pour vendredi, 1er octobre, par votre lettre en date d'hier, à l'effet d'entendre les propositions que vous annoncez être chargés de lui faire, de la part de votre Gouvernement, ayant pour objet la reprise du service de l'emprunt.

» Puisque vous laissez au Comité le choix du lieu, la réunion se tiendra chez M. le baron Vaur, rue Louis-le-Grand, 6, à deux heures et demie précises.

» Veuillez agréer, Messieurs, l'assurance de ma haute considération.

» *Le Président du Comité*,

» *Signé* : GUYNET.

» Paris, le 30 septembre 1847. »

Au Comité des Porteurs de titres de l'emprunt d'Haïti.

« Messieurs,

» D'après ce qui a été convenu dans notre réunion d'hier, nous avons l'honneur de vous répéter que, la situation financière de la République d'Haïti ne lui permettant pas de reprendre le service des intérêts et de l'amortissement de l'Emprunt, conformément aux stipulations de la convention de 1839, nous sommes chargés de vous présenter, de la part de notre Gouvernement, les propositions suivantes :

» Art. 1er. — Le Gouvernement de la République fera, le plus tôt possible, des remises à Paris pour le paiement de l'intérêt de 1843.

» Art. 2. — Les intérêts dus pour les années 1844, 1845, 1846, 1847, et ceux qui seront exigibles en 1848, seront capitalisés, et le paiement en sera renvoyé aux années 1868, 1869, 1870, 1871 et 1872.

» Art. 3. — La liquidation des intérêts de l'Emprunt sera reprise en 1849, et continuée d'année en année.

Telles sont, Messieurs, les seules propositions que nous ayons mission de vous faire; vous rappelant, ainsi que nous avons eu l'honneur de vous le dire hier, que nous n'avons le pouvoir de rien résoudre, mais que nous sommes seulement chargés de transmettre à notre Gouvernement soit votre acceptation, soit vos contre-propositions.

» Nous espérons que, pénétrés de la loyauté du Gouvernement haïtien et des embarras de la République, vous nous donnerez, dans cette circonstance, la preuve de cet esprit de conciliation que nous sommes en droit d'attendre d'hommes aussi distingués par leurs sentiments de justice que par leur connaissance profonde des affaires.

» Recevez, Messieurs, l'assurance de notre parfaite considération.

» *Signé :* B. ARDOUIN, D. DELVA.

» Paris, 2 octobre 1847. »

A Messieurs les Ministres plénipotentiaires de la République d'Haïti.

« Messieurs,

» Nous avons reçu la lettre que vous nous avez fait l'honneur de nous écrire le 2 du courant, à l'issue de la conférence à laquelle vous nous aviez invités pour entendre les propositions que votre Gouvernement vous a chargés de faire aux Porteurs de titres de son emprunt, relativement à la reprise du service de ce même emprunt, conférence qui a eu lieu en présence de M. le Consul général de France en Haïti, autorisé à y assister par M. le Ministre des affaires étrangères.

» Par cette lettre, vous formulez ainsi qu'il suit ces propositions :

» Art. 1er. — Le Gouvernement de la République fera, le » plus tôt possible, des remises à Paris pour le paiement de » l'intérêt de 1843.

» Art. 2. — Les intérêts dus pour les années 1844, 1845, » 1846, 1847, et ceux qui seront exigibles en 1848, seront » capitalisés, et le paiement en sera renvoyé aux années » 1868, 1869, 1870, 1871 et 1872.

» Art. 3. — La liquidation des intérêts de l'emprunt sera » reprise en 1849, et continuée d'année en année. »

» Il serait superflu de discuter ici ces propositions; nous nous bornerons à vous dire que nous n'avons pu remarquer, sans étonnement, qu'il y est seulement fait mention des intérêts de la dette, et nullement de son amortissement, qui seul peut en opérer l'extinction. Nous aimons à croire que le silence gardé sur ce point important est une omission involontaire : car la raison se refuse à admettre que l'on puisse traiter de l'acquittement d'une dette sans s'occuper des moyens de l'acquitter; nous sommes d'autant plus fondés à le croire, que vous-mêmes, Messieurs, par votre lettre d'invitation à conférer avec vous, vous parlez de la *reprise du service de l'emprunt*, et ces mots, en langage de finances, signifient le paiement du capital et des intérêts.

» Tout en vous déclarant que de pareilles propositions ne peuvent pas être acceptées par nos commettants, nous sommes néanmoins animés des mêmes sentiments de générosité et du même esprit de conciliation qui ont présidé aux précédents arrangements.

» Reconnaissant que les procès-verbaux des conférences qui ont eu lieu, en 1838, à Port-au-Prince, entre les Commissaires français et haïtiens, doivent servir de base à la contre-proposition que nous vous faisons, en considération des maux qui ont affligé votre République, et qui ne lui permettent pas *pour le moment*, d'après vos assurances, de continuer à affecter un million par an au service de l'emprunt, le Comité des Porteurs de titres de l'emprunt est disposé à accepter, comme *modification* des conventions du 31 octobre 1839, les stipulations suivantes :

» Art 1er. — Le Gouvernement d'Haïti, ainsi que vous le proposez, fera payer aux Porteurs de titres de son emprunt, le 31 décembre de la présente année, les deux semestres d'intérêts échus en l'année 1843.

» Art. 2. — Par suite des considérations sur lesquelles nous avons appelé votre attention dans notre conférence, nous demandons formellement que votre Gouvernement fasse payer, le 1er juillet 1848, les deux semestres d'intérêts échus en l'année 1844.

» Art. 3. — Ainsi que vous le proposez, nous consentons à ce que la reprise du paiement des intérêts de l'emprunt ait lieu en 1849, aux échéances énoncées dans le contrat d'emprunt, et continuée de la même manière d'année en année.

» Art. 4. — Après le prélèvement opéré de l'annuité due aux anciens Colons, sur la moitié du produit du droit d'importation et de tonnage affecté à cette destination par le traité du 15 mai 1847, l'excédant sera entièrement réservé au service de l'emprunt; toutefois, si cet excédant était insuffisant au paiement des intérêts de l'emprunt, il y serait pourvu par le Gouvernement haïtien sur les autres ressources de la République.

» Art. 5. — Dans le cas où l'excédant dont il vient d'être fait mention serait supérieur au chiffre nécessaire au service des intérêts de l'emprunt, le surplus sera applicable à l'amortissement du capital et des intérêts arriérés de l'emprunt.

» Art. 6. — Les stipulations énoncées dans l'art. 4 seront exécutées en même temps que la convention relative aux Indemnitaires et de la même manière, c'est-à-dire que le Gouvernement français sera autorisé à remettre directement aux Prêteurs l'excédant dont s'agit.

» Nos propositions vous feront sans doute apprécier, Messieurs, toute l'importance du nouveau sacrifice que s'imposent les Porteurs de titres de votre emprunt. Vous n'oublierez pas surtout que vos Prêteurs n'ont cessé de marcher jusqu'à ce jour, c'est-à-dire *pendant vingt-deux ans*, de concessions en concessions, de déceptions en déceptions.... Il leur est donc permis de croire que le présent arrangement, convenu à l'amiable, sous la tutelle du Gouvernement du Roi, recevra la sanction de votre Gouvernement.

» S'il devait en être autrement (ce que nous sommes loin d'appréhender), il ne vous échappera pas, Messieurs, qu'il ne resterait plus d'espoir à vos malheureux créanciers que celui que leur inspire la confiance qu'ils ont toujours eue que le Gouvernement du Roi ne les abandonnerait pas : car sa protection leur est due aux mêmes titres qu'aux anciens Colons, puisque leur argent a servi à payer à ceux-ci le premier cinquième de l'indemnité, et que, par ce fait, ils se trouvent subrogés *de plano* à leurs droits envers la République d'Haïti.

» La haute position que vous occupez, Messieurs, dans le Gouvernement de votre pays, l'esprit conciliant et les lumières que nous nous sommes plu à reconnaître en vous, nous donnent l'assurance que, à défaut de pouvoirs suffisants, pour accepter la présente proposition, vous l'appuierez de votre puissant suffrage auprès du Gouvernement dont vous êtes les Représentants.

» Veuillez agréer, Messieurs, l'assurance de notre haute considération.

» *Les membres du Comité des Porteurs de titres de l'emprunt d'Haïti.*

» *Signé :* GUYNET, président, J.-P. VAUR, G. PAUL, DUBOURG, GUIBOUT, MONGROLLE, SARRANS aîné et LABIE.

» Paris, 4 octobre 1847. »

Au Comité des Porteurs de titres de l'Emprunt d'Haïti.

« Messieurs,

» Nous avons lu avec attention votre lettre du 4 courant, que nous n'avons reçue qu'hier dans l'après-midi, et nous avons remarqué avec regret que, reproduisant une argumentation à laquelle vous aviez fini par renoncer, à la conférence du 1er, vous introduisez dans votre contre-proposition toutes les clauses qu'après un mûr examen vous aviez consenti à n'y point insérer, comme tout à fait inexécutables.

» Sans entrer dans la discussion des divers articles de cette contre-proposition, nous vous répéterons que, n'ayant aucun pouvoir de rien résoudre avec vous, nous ne pouvons nous engager à appuyer auprès de notre Gouvernement d'autre arrangement que celui qui, présenté par M. Levasseur, nous a paru, aux uns comme aux autres, être à la fois dans les intérêts bien entendus des Prêteurs et dans ceux de la République d'Haïti.

» Nous ne pouvons mieux faire que de vous remettre sous les yeux les termes dans lesquels vous avez vous-mêmes formulé, dans votre lettre précitée, la pensée de M. Levasseur, en supprimant, toutefois, ce que vous avez cru devoir y ajouter, notamment l'art. 6 et la note qui s'y rattache, et en rectifiant quelques expressions: « Après le prélèvement opéré de » l'annuité due aux Indemnitaires, sur la moitié du produit » des droits d'importation et de tonnage affecté à cette desti- » nation par le traité du 15 mai 1847, l'excédant sera appli- » qué au service de l'Emprunt. »

» Voilà, Messieurs, l'arrangement que M. Levasseur a proposé dans la conférence du 1er; c'est celui auquel vous avez adhéré, et c'est celui qne nous avons promis de recommander au Gouvernement de la République, comme notre opinion personnelle.

» Si, contre notre espoir, le Comité des Porteurs persistait à s'en tenir à la contre-proposition insérée dans sa lettre du 4 courant, nous rentrerions nous-mêmes dans les termes rigoureux de nos instructions, dont nous ne nous sommes écartés que par esprit de conciliation, nous contentant de transmettre cettre contre-proposition à notre Gouvernement, sans l'appuyer d'une recommandation qui serai contraire à notre intime conviction.

» Il est bien compris, Messieurs, que les dispositions du Gouvernement haïtien tendantes à faire le plus tôt possible des remises à Paris, pour le paiement de l'intérêt de 1843, restent toujours entières, sans que, pour cela, nous soyons engagés à donner un appui, que nous avons déjà refusé, à la demande que vous renouvelez de toucher ce paiement au 31 décembre prochain.

» Nous vous prions de nous faire connaître le plus tôt possible votre dernière détermination.

» Recevez, Messieurs, l'assurance de notre considération la plus distinguée.

Signé : D. Delva, B. Ardouin.

» Paris, le 6 octobre 1847. »

A Messieurs les Ministres plénipotentiaires de la République d'Haïti.

« Messieurs,

» Nous avons reçu votre réponse, en date du 6 courant, à la contre-proposition que nous avions eu l'honneur de vous adresser le 4; nous nous sommes immédiatement réunis, et en présence de M. le Consul général de France près le Gouvernement d'Haïti, qui a bien voulu encore une fois répondre à notre appel, nous avons examiné et discuté les objections contenues dans votre réponse précitée.

» Nous avions, il est vrai, dans le désir bien légitime de rendre entière confiance aux Porteurs de l'Emprunt et d'assurer contre toutes les éventualités le service des intérêts, demandé par l'art. 4 de notre contre-proposition, que, dans le cas où l'excédant de la moitié des droits de tonnage et d'importation serait insuffisante pour le service annuel des intérêts, il fût pourvu à ce service sur les autres ressources de la République.

» Mais, par suite de vos observations, Messieurs, et sur votre affirmation que le Gouvernement d'Haïti ne pourrait pas remplir et dès lors accepter cette condition, nous l'abandonnons, et nous revenons purement et simplement à la contre-proposition qui avait été arrêtée dans la conférence du 1er courant, à laquelle vous assistiez.

» Cette contre-proposition est aujourd'hui, de concert avec M. le Consul général, et nous pourrions dire sous sa dictée, définitivement formulée ainsi qu'il suit :

» Art. 1er. — La République d'Haïti s'engage à reprendre le service de l'Emprunt en 1849.

» Art. 2. — Comme moyen de paiement, la République délègue et abandonne aux porteurs de l'Emprunt l'excédant de la moitié des droits de tonnage et d'importation, déjà affectée, jusqu'à concurrence des annuités convenues par le traité du 15 mai 1847, au paiement de l'indemnité des anciens Colons.

» En conséquence, la moitié entière des droits d'importation et de tonnage sera annuellement transmise en France et déposée à la Caisse des Consignations au moyen de remises et suivant la forme stipulée par l'art. 3 de la Convention précitée du 15 mai 1847.

» Art. 3. — Chaque année, après le versement du complément des remises représentant la moitié des droits d'importation et de tonnage, et prélèvement fait de l'annuité revenant aux Indemnitaires, le Ministre résident de la République d'Haïti auprès du Gouvernement français, ou tout délégué le représentant, et le Comité des porteurs de l'Emprunt, s'entendront pour retirer les sommes accumulées à la Caisse des Consignations, et règleront, d'un commun accord, le compte-courant ouvert entre les parties.

» Art. 4. — Dans le cas où l'excédant de la moitié des droits d'importation et de tonnage serait supérieur au chiffre nécessaire pour le service annuel des intérêts de l'Emprunt, le surplus sera applicable à l'amortissement du capital, dans la forme réglée par le traité de 1839.

» Art. 5. — Les porteurs des titres de l'Emprunt, prenant en considération la position difficile de la République d'Haïti, à laquelle ils veulent donner un nouveau et dernier témoignage de sympathie, consentent à ce que les intérêts arriérés de l'Emprunt qui, au 1er janvier 1849, n'auraient pû être payés, soient capitalisés, et que le paiement en soit renvoyé aux années 1868, 1869, 1870, 1871 et 1872, s'il y a lieu.

» Art. 6. — Les deux semestres arriérés de 1843 ne seront pas compris dans cette capitalisation et seront payés à Paris avant l'expiration du premier trimestre de 1848.

Art. 7. — Il est bien entendu que le mode de libération faisant l'objet des stipulations ci-dessus n'opérera aucune novation dans le titre résultant pour les porteurs du traité de 1839, et que si, contre toute attente, l'excédant des droits de tonnage et d'importation dont il est question aux présentes n'offrait aux porteurs de l'Emprunt qu'un moyen illusoire de paiement, ils rentreront dans l'exercice de tous leurs droits.

» Telles sont, Messieurs, dans leurs plus extrêmes limites, les concessions que, dans notre désir sincère d'arriver à un arrangement amiable avec la République d'Haïti, nous avons cru pouvoir faire.

» Forts de la modération de nos demandes, ainsi que de l'appui que vous avez bien voulu nous promettre; forts aussi de l'approbation ouvertement donnée à ces demandes par le Gouvernement du Roi, nous ne doutons pas qu'il ne vous soit facile de les faire accepter par votre République.

» Nous comptons fermement, du reste, Messieurs, sur la promesse que vous nous avez faite d'appuyer auprès de votre Gouvernement notre demande de paiement, dans le courant de 1848, des intérêts arriérés de 1844.

» Notre demande, à cet égard, est appuyée notamment sur l'état de détresse dans lequel se trouve la majeure partie des porteurs de l'Emprunt, par suite de la suspension du paiement des intérêts depuis 1843.

» Veuillez recevoir, Messieurs, l'assurance de notre haute considération.

» *Les Membres du Comité des Porteurs de l'Emprunt,*

» *Signé :* GUYNET, président; J.-P. VAUR, GUIBOUT, SARRANS aîné, MONGROLLE, DUBOURG, COTTENOT et LABIE.

» Paris, le 8 octobre 1847. »

Au Comité des Porteurs de titres de l'Emprunt d'Haïti.

« Messieurs,

» Nous avons l'honneur de vous accuser réception de votre lettre en date d'hier. Comme vous nous annoncez qu'elle contient les extrêmes limites des concessions que votre désir d'arriver à un arrangement vous permette de faire, nous croyons inutile de renouveler ici nos objections, puisque les dispositions que vous y formulez sont, dites-vous, définitives.

» Nous vous avouons, Messieurs, que nous étions loin de nous attendre que telle serait l'issue d'une affaire qu'aux termes de nos instructions, nous ne devions entamer qu'après l'échange des ratifications de la convention du 15 mai. Cependant M. le Consul général de France nous ayant exposé des considérations particulières pour nous porter à convoquer, avant cet échange, le Comité des Porteurs, qui, nous assurait-il, était disposé à admettre une combinaison qu'il avait imaginée, et qui nous satisferait; voulant, de notre côté, donner une preuve de l'esprit de conciliation qui nous anime, nous nous sommes prêtés à avoir une conférence avec vous le 1er du courant. Mais nous vous rappellerons que, dans cette conférence, comme dans notre correspondance ultérieure, nous avons très positivement déclaré que nous n'avions aucun pouvoir pour traiter avec le Comité, ni pour rien résoudre ou conclure au nom du Gouvernement haïtien; que notre mission se bornait à faire connaître au Comité les propositions de notre Gouvernement, et, dans le cas qu'elles ne fussent pas acceptées, à transmettre au Gouvernement haïtien vos contre-propositions. Nous vous rappellerons encore que, dans la conférence dont s'agit, M. le Consul général de France ayant exposé que, d'après la connaissance qu'il avait des ressources d'Haïti, il pensait que les Prêteurs devaient se contenter de demander que le Gouvernement haïtien appliquât la totalité de la moitié de ses droits d'importation et de tonnage à la liquidation de la dette étrangère, de telle sorte qu'après le prélèvement de l'annuité due aux Indemnitaires, le reste, quel qu'il fût, de cette moitié de droits, revînt aux Prêteurs ; et que, le Comité, après une vive discussion, ayant fini par adhérer à cette combinaison, nous avons alors promis de la recommander au Gouvernement haïtien, comme nous paraissant acceptable, d'après notre opinion personnelle, sans prétendre, pour cela, en faire, entre le Comité et nous, l'objet d'une convention obligatoire pour notre Gouvernement.

» C'est par ces motifs, Messieurs, que nous avons dû, dans notre lettre du 6, faire des objections aux modifications consignées par le Comité dans sa lettre du 4, modifications qui nous ont paru déroger essentiellement à la combinaison proposée par M. le Consul général ; et comme votre lettre du 8 reproduit ces modifications, et même y en ajoute de nouvelles, la loyauté de notre caractère nous fait un devoir de vous répéter que nous ne recommanderons au Gouvernement haïtien que la combinaison primitive pure et simple, tout en lui adressant copie, en forme, des diverses propositions développées dans vos lettres du 4 et du 8, afin qu'il soit en mesure de les apprécier lui-même.

» Malgré notre désir de ne soulever ici aucune objection,

nous ne pouvons cependant terminer cette lettre sans faire observer au Comité que c'est sans doute par préoccupation qu'il a dit que nous avions promis d'appuyer la demande du paiement, en 1848, des intérêts arriérés de 1844. Nous nous plaisons à croire que le Comité reconnaîtra cette erreur.

» Recevez, Messieurs, l'assurance de notre considération la plus distinguée,

» *Signé :* B. ARDOUIN, D. DELVA.

» Paris, le 9 octobre 1847. »

A Messieurs les Ministres plénipotentiaires de la République d'Haïti.

« Messieurs,

» Nous avons l'honneur de vous accuser réception de votre lettre d'hier; et comme les objections qu'elle contient ne s'appliquent qu'aux moyens d'exécution de la convention dont vous avez toujours admis le principe, nous croyons devoir, quant à présent, réduire notre contre-proposition aux termes suivants :

« La République d'Haïti s'engage à déléguer et abandonner » aux porteurs des titres de son emprunt l'excédant de la » moitié des droits d'importation et de tonnage déjà affectée » aux Indemnitaires par le traité du 15 mai 1847, et à re- » prendre au moyen de cette affectation le service des intérêts » de l'emprunt et de l'amortissement en 1849.

» Les deux semestres arriérés de 1843 seront payés à Pa- » ris, avant l'expiration du premier trimestre de 1848.

» Nous espérons, Messieurs, que la proposition, ainsi formulée, ne pourra plus soulever aucune objection de votre part, et que vous donnerez à son adoption par votre Gouvernement la recommandation et l'appui que vous avez bien voulu nous promettre.

» Nous n'avons jamais entendu faire à votre Gouvernement une obligation du paiement, en 1848, des intérêts arriérés de

1844. Mais nous avons appelé votre attention sur la détresse du plus grand nombre des Porteurs de titres de l'Emprunt, et nous croirions rester au dessous de notre mandat, si nous ne faisions encore aujourd'hui un appel à votre justice et à votre loyauté, en vous priant de faire valoir ces considérations auprès de la République.

» Veuillez recevoir, Messieurs, l'assurance de notre haute considération,

» *Les Membres du Comité de l'Emprunt d'Haïti*,

» *Signé* : GUYNET, Président; J.-P. VAUR, SARRANS aîné, GUIBOUT, MONGROLLE, DUBOURG, COTTENOT et LABIE.

» Paris, 10 octobre 1847. »

Au Comité des Porteurs de titres de l'Emprunt d'Haïti.

« Messieurs,

» Nous avons reçu la lettre que vous nous avez fait l'honneur de nous adresser en date d'hier, pour nous faire connaître les termes auxquels, d'après nos objections, vous croyez devoir, quant à présent, réduire votre contre-proposition.

» Sans nous arrêter à ces termes, nous n'hésitons pas à vous renouveler la promesse que nous vous avons faite de recommander, autant qu'il dépendra de nous, au Gouvernement haïtien, d'affecter au service de l'Emprunt, à partir de 1849, l'excédant de la moitié des droits d'importation et de tonnage de la République, après le prélèvement de la portion de cette moitié de droits nécessaire à la liquidation de l'indemnité, conformément à la convention du 15 mai 1847.

» Nous engagerons également notre Gouvernement de faire tous ses efforts pour payer, avant le 31 mars 1848, les deux semestres arriérés de l'année 1843.

» Enfin, pour donner au Comité une dernière preuve de notre désir de voir aboutir à une heureuse issue le nouvel arrangement, nous promettons aussi d'appeler la considération du Gouvernement haïtien sur l'état de détresse où vous dites que se trouve le plus grand nombre des Porteurs de titres de l'Emprunt, en le sollicitant de payer en outre, dans le courant de l'année 1848, les deux semestres d'intérêts arriérés de 1844, si la situation financière de la République le lui permet.

» Nous désirons, Messieurs, que ces déclarations, que nous faisons avec une intime conviction d'agir dans l'intérêt de l'honneur et du crédit de notre patrie, satisfassent votre attente, et préparent les voies à une transaction également agréable aux deux parties.

» Recevez, Messieurs, l'assurance de notre considération la plus distinguée,

» *Signé :* B. ARDOUIN, D. DELVA.

» Paris, le 11 octobre 1847. »

A Messieurs les Membres composant le Comité des Porteurs de titres de l'emprunt d'Haïti.

« Messieurs,

» Je m'empresse de vous faire savoir que le Gouvernement haïtien, désirant conclure un arrangement propre à faciliter la liquidation de l'emprunt consenti par la République en 1825, m'a donné ses pleins pouvoirs et ses instructions pour arriver à ce but.

» Me trouvant en ce moment malade, et ne pouvant sortir de chez moi, je vous prie, Messieurs, de vouloir bien vous réunir en mon hôtel, jeudi prochain, 10 courant, à une heure après midi, à l'effet de procéder à l'examen et à l'échange de nos pouvoirs respectifs, et d'entrer ensuite immédiatement en conférence sur ce qui fait l'objet de ma mission.

» Je saisis cette occasion, Messieurs, pour vous renouveler les assurances de ma considération la plus distinguée.

» *Signé* B. ARDOUIN. »

» 7 février 1848. »

A Monsieur Guynet, Président du Comité de l'emprunt d'Haïti.

Paris, 9 février 1848.

« Monsieur,

» L'empressement que j'avais de communiquer au Comité que vous présidez les pouvoirs que je viens de recevoir de mon Gouvernement m'avait porté, quoique souffrant, à fixer à jeudi notre première réunion; mais, puisque vous êtes vous-même malade de la grippe, j'accepte volontiers le renvoi que vous me proposez.

» J'attendrai donc, samedi, les Membres du Comité. Si cependant votre maladie continuait, et qu'il vous fût plus convenable de prendre un jour de la semaine prochaine, je suis à votre disposition pour celui que vous préférerez, pourvu toutefois que ce ne soit ni lundi, ni mardi, parce que ces deux jours me sont nécessaires pour ma correspondance avec Haïti.

» Veuillez recevoir, Monsieur, l'assurance de ma considération la plus distinguée.

» *Signé* : B. Ardouin. »

Faustin Soulouque, Président d'Haïti.

« A tous ceux que ces présentes lettres verront, salut :

» Désirant conclure un arrangement propre à faciliter la liquidation de l'Emprunt consenti par la République, en 1825; à ces causes, nous confiant en la capacité, prudence et expérience du sénateur Alexis Beaubrun Ardouin, ministre-résident de la République à Paris, nous le nommons et constituons pour, en vertu des pouvoirs spéciaux que nous lui conférons par ces présentes, et des instructions qui lui seront données par notre secrétaire d'état au département des finances, du commerce et des relations extérieures, conclure et signer avec le Comité des porteurs de titres dudit Emprunt, également muni de pleins pouvoirs en bonne et due forme, tel arrangement qu'il jugera nécessaire pour atteindre le but que nous nous proposons : promettant au nom de la République, et sous la réserve de nos ratifications, d'exécuter et de faire exécuter tout ce qui aura été stipulé et signé en vertu des présents pleins pouvoirs.

» En foi de quoi, nous avons délivré les présentes, signées de notre main, et y avons fait apposer notre sceau.

» Donné au Palais-National du Port-au-Prince, le 8 janvier 1848, an 45e.

» *Signé* SOULOUQUE.

» Par le Président,

» *Le Secrétaire d'état des finances, du commerce et des relations extérieures.*

» *Signé* A. DUPUY.

» Certifié conforme à l'original,

» *Le Ministre-résident de la République d'Haïti près Sa Majesté le Roi des Français.*

» *Signé* B. ARDOUIN. »

TRAITÉ.

« Le Président de la République d'Haïti et l'Assemblée des Porteurs de titres de l'emprunt consenti, en 1825, par la République, désirant, d'un commun accord, conclure un arrangement propre à faciliter la liquidation dudit emprunt, ont nommé à cet effet : savoir :

» Le Président de la République d'Haïti : les énateur Alexis Beaubrun Ardouin, ministre-résident de la République à Paris, d'une part ;

» Et l'Assemblée des Porteurs : un Comité de ses membres, composé de MM. Guynet, président ; Vaur, Guibout, Sarrans aîné, Mongrolle, Dubourg, Labie et Cottenot, d'autre part ;

» Lesquels, après avoir échangé leurs pleins pouvoirs respectifs, trouvés en bonne et due forme, sont convenus des articles suivants :

» Art. 1er. — La République d'Haïti s'engage à reprendre, à partir de 1849, le service des intérêts de l'emprunt de 1825 et elle affecte spécialement à ce service l'excédant de la moitié de ses droits d'importation et de tonnage, après le prélèvement de la portion de cette moitié de droits qui, d'après la Convention du 15 mai 1847 entre la France et Haïti, est réservée à la liquidation de l'indemnité.

» Art. 2. — Elle s'oblige aussi de payer, dans le cours de

la présente année 1848, les intérêts des deux semestres de 1843, savoir : le premier semestre le 15 juin, et le second semestre avant le 31 décembre.

» Art. 3. — L'excédant afférent au service des intérêts de l'emprunt d'après l'art. 1er ci-dessus sera payé suivant le mode établi, par la susdite Convention du 15 mai 1847, pour le paiement de la portion afférente à l'indemnité.

» Si, après le paiement des intérêts, cet excédant laissait un reste, ce reste, quel qu'il soit, sera applicable soit à l'amortissement des obligations de l'emprunt par la voie du tirage au sort, conformément à ce qui a été réglé par la transaction de 1839, soit à l'extinction des intérêts arriérés des années 1844, 1845, 1846, 1847 et 1848, selon que le Comité des Porteurs le jugera convenable.

» Art. 4. —Dans le cas où la totalité de la moitié des droits d'importation et de tonnage de la République viendrait à être absorbée par la liquidation d'une ou de plusieurs annuités de l'indemnité, les intérêts de l'emprunt qui se trouveraient en souffrance seraient reportés aux premières années où il y aurait un excédant, pour être payés concurremment avec les intérêts desdites années, et même par préférence, s'il y avait insuffisance.

» Art. 5. — Cependant, si, pendant cinq années consécutives, l'excédant de la moitié desdits droits d'importation et de tonnage ne suffisait pas à couvrir, en moyenne, les quatre cinquièmes des intérêts de l'emprunt, les parties contractantes seront libres de prendre d'autres arrangements, à défaut de quoi elles seront, de droit, replacées dans les termes et conditions de la transaction de 1839.

» Art. 6. — La présente convention sera ratifiée, et l'échange des ratifications en sera fait, à Paris, dans le délai de de quatre mois, et plus tôt, si faire se peut.

» En foi de quoi, le Sénateur Ardouin et MM. les membres du Comité ont signé la présente Convention en double original.

» Fait à Paris, le 12 février 1848.

» *Signé :* B. Ardouin, Guynet, président; Vaur, Sarrans aîné, Cottenot, Montgrolle, Dubourg, Labie et F. Guibout. »

Paris, 5 juin 1848.

A Messieurs les Membres du Comité des Porteurs de titres de l'emprunt d'Haïti.

« Messieurs,

» Je m'empresse de vous faire savoir que je viens de recevoir du nouveau secrétaire d'Etat des finances, du commerce et des relations extérieures, une lettre datée d'Aquin, le 6 mai, par laquelle il m'annonce que, les troubles qui avaient éclaté dans quelques communes du Sud ayant obligé le Président d'Haïti à se rendre dans cette partie, où il a pu lui-même le rencontrer, le Gouvernement s'est trouvé dépourvu de tous les éléments et documents nécessaires, qui sont au Port-au-Prince, et n'a pu m'expédier la ratification de la convention du 12 février dernier, mais que je la recevrai par le prochain paquebot des Antilles.

» Cet ajournement est regrettable, sans doute; mais vous remarquerez que, lors même que cette ratification fût arrivée, il m'eût été impossible d'exécuter immédiatement le paiement du premier terme stipulé en l'article 2 de la Convention, puisque, par suite de la crise financière qui a entravé toutes les affaires en France, j'ai été obligé de faire protester déjà pour plus de *soixante mille francs* de traites qui m'étaient nécessaires pour compléter le montant de ce premier terme; et, qu'en outre, toutes les démarches que j'ai pu faire pour y suppléer, en réclamant, auprès de l'ancien et du nouveau Gouvernement, la remise d'une somme plus forte, qui se trouve portée au crédit de la République d'Haïti à la Caisse des dépôts et consignations, n'ont produit, jusqu'ici, d'autre résultat que la promesse de soumettre ma réclamation à l'examen d'une commission.

» Vous êtes trop justes, Messieurs, pour imputer au Gouvernement Haïtien un retard qui ne provient nullement de son fait, et vous ne considérerez pas comme fatal le délai qui a été fixé pour l'échange des ratifications.

» En attendant votre réponse, je vous prie, Messieurs, de

recevoir les nouvelles assurances de ma considération la plus distinguée,

» *Signé :* B. ARDOUIN. »

Paris, 7 juin 1848.

A Monsieur B. ARDOUIN, *Ministre-résident de la République d'Haïti.*

« Monsieur le Ministre,

» Nous avons reçu la lettre que vous nous avez fait l'honneur de nous écrire le 5 courant, et dans laquelle vous nous informez du retard qu'éprouve l'envoi des ratifications du traité fait entre votre Gouvernement et les Porteurs de l'Emprunt d'Haïti, le 12 février dernier.

» Nous regrettons vivement, Monsieur le Ministre, d'avoir encore à annoncer aux Porteurs l'ajournement du paiement qu'ils attendent depuis si long-temps ; mais nous prendrons sur nous, à raison de la gravité des circonstances exposées dans votre lettre, de souscrire au délai que vous nous demandez.

» Nous attendrons donc jusqu'à la fin de juillet prochain le paiement du semestre qui devait être payé le 15 courant.

» Nous comptons d'ailleurs, Monsieur le Ministre, sur votre active intervention pour assurer le paiement exact du semestre exigible avant le 31 décembre prochain.

» Recevez, Monsieur le Ministre, l'assurance de notre haute considération.

» *Les Membres du Comité des Porteurs de l'emprunt d'Haïti,*

» *Signé :* GUYNET, Président ; J.-P. VAUR, SARRANS aîné, GUYBOUT, MONGROLLE, DUBOURG, COTTENOT. »

Paris, 6 juillet 1848.

A Messieurs les Membres composant le Comité de l'Emprunt d'Haïti.

« Messieurs,

» Par ma lettre du 5 juin expiré, je vous annonçais que je

venais de recevoir du nouveau secrétaire d'Etat des finances, du commerce et des relations extérieures, une dépêche datée d'Aquin, le 6 mai, par laquelle il me faisait connaître les motifs qui l'empêchaient de m'expédier en même temps la ratification de la convention du 12 février dernier, et me promettait de m'en faire l'envoi par le paquebot suivant. Sur l'exposé de ces motifs, vous me répondîtes, le 7, que vous consentiez à attendre encore jusqu'à la fin de juillet, présent mois.

» J'ai le regret de vous faire savoir que le paquebot désigné est arrivé, et que je n'ai pas reçu la ratification promise, ni même aucune lettre de ce Ministre. Mais je m'explique son silence. Je présume que, le Président d'Haïti ayant prolongé son séjour dans le Sud, le Secrétaire d'Etat, qui l'accompagne, a pensé que je comprendrais et que je ferais comprendre au Comité de l'Emprunt que, les mêmes motifs d'ajournement subsistant, il ne pourrait m'expédier cet acte que par la plus prochaine occasion qui se présentera après leur retour dans la capitale.

» Croyez, Messieurs, que c'est avec un vif sentiment de déplaisir que je me vois encore forcé d'invoquer les événements de force majeure, pour vous prier de prolonger de nouveau le délai que vous m'avez accordé. Cette prolongation, je l'espère, ne sera que de quelques jours ; car il est à croire que le Président sera de retour au Port-au-Prince assez à temps pour que la ratification puisse m'être expédiée par le paquebot du 3 juillet courant ; et alors, je la recevrais du 6 au 8 août prochain.

» Recevez, Messieurs, l'assurance de ma considération la plus distinguée.

» *Signé :* B. ARDOUIN. »

Paris, 11 juillet 1848.

A Monsieur B. ARDOUIN, *Ministre-résident de la République d'Haïti, à Paris.*

« Monsieur le Ministre,

» Nous avons appris avec autant de contrariété que de surprise, par votre lettre du 6 courant, que la ratification du traité du 12 février ne vous est point encore parvenue ; et notre responsabilité, déjà fortement engagée par l'ajournement consenti dans notre lettre du 7 juin dernier, ne nous permet pas de souscrire à un nouveau délai.

» Vous attribuez, Monsieur le Ministre, le défaut d'envoi de la ratification au séjour prolongé du Président d'Haïti dans les provinces du Sud ; mais ce fait ne peut avoir pour conséquence la suspension de la marche des affaires de la République, et il ne peut justifier, surtout, le retard apporté à l'envoi d'une ratification que vos précédentes dépêches présentaient comme purement de forme, et ne devant donner lieu à aucune difficulté.

» Nous nous trouvons donc dans la nécessité d'insister auprès de vous, Monsieur le Ministre, pour obtenir le paiement, avant la fin de ce mois, du semestre qui, aux termes du traité du 12 février, devait être acquitté, au plus tard, le 15 juin.

» Ce paiement peut d'autant moins soulever d'objection, que, dès le principe des négociations, les deux semestres de 1843 ont été spontanément offerts par la République d'Haïti, et qu'au moyen de la décision ministérielle qui transporte au compte des Porteurs de l'Emprunt la somme précédemment inscrite au compte des Colons, décision dont vous devez être officiellement informé, vous avez à votre disposition une somme plus que suffisante pour acquitter le semestre dont il s'agit.

» A défaut du paiement de ce semestre, les Porteurs, dont jusqu'à ce jour, nous avons eu beaucoup de peine à contenir la juste impatience, ne manqueraient pas de s'adresser à l'Assemblée nationale et au Chef du Pouvoir exécutif, pour obtenir l'exécution pure et simple des anciens engagements pris par la République d'Haïti.

» Vous ne voudrez pas qu'il en soit ainsi, Monsieur le Ministre ; et puisque le paiement attendu ne dépend maintenant que de vous, nous comptons sur la continuation de votre concours pour en faciliter la réalisation immédiate.

» Cette réalisation intéresse tout à la fois, Monsieur le Ministre, la loyauté bien connue de votre caractère et la dignité de votre Gouvernement.

» Veuillez nous honorer d'une réponse le plus tôt possible, et recevoir, Monsieur le Ministre, l'assurance de notre haute considération.

» *Les Membres du Comité des Porteurs de l'Emprunt d'Haïti,*

» *Signé :* GUYNET, Président; J.-P. VAUR, SARRANS aîné, COTTENOT, GUIBOUT, MONGROLLE, DUBOURG. »

Paris, 13 juillet 1848.

A Messieurs les Membres du Comité de l'Emprunt d'Haïti.

« Messieurs,

» Votre lettre du 11 courant, en réponse à la mienne du 6, me jette dans une grande perplexité. D'après les assurances que m'a données le Secrétaire d'État des finances, du commerce et des relations extérieures, je ne doute pas que je ne reçoive bientôt la ratification de la Convention du 12 février, et que je ne sois ainsi en mesure de tout terminer. D'un autre côté, je conçois que le Comité, après avoir accordé un premier ajournement, n'ose prendre sur lui de prolonger davantage le délai, dans la crainte d'un désaveu de la part de la masse des prêteurs, qui, ne voyant que leur état de souffrance, pourraient l'accuser de sacrifier leurs intérêts, et préféreraient une rupture définitive à un espoir incertain.

» C'est donc une preuve de bon vouloir que le Comité me demande, pour mettre sa responsabilité à couvert, ou plutôt un gage qu'il veut présenter à la masse des Porteurs, afin d'obtenir leur assentiment.

» Certain de la loyauté du Gouvernement haïtien, et considérant la ratification de la Convention comme assurée, je me résous, Messieurs, pour prévenir une rupture qui serait regrettable pour les deux parties, à consentir, par anticipation, au paiement que vous réclamez, des intérêts du premier semestre de 1843, sous la condition expresse que le Comité réunira préalablement l'Assemblée générale des Porteurs et en obtiendra la ratification de la Convention.

» Il est bien entendu, cependant, que cet engagement, que je prends vis-à-vis du Comité, ne pourra avoir son effet qu'autant que la décision ministérielle qui, sur ma réclamation, a transporté, d'après ce que vous me dites et ce que j'ai appris moi-même indirectement, au compte des Porteurs de l'Emprunt, le solde dû à la République d'Haïti par la Caisse des dépôts et consignations, m'aura été officiellement notifiée, puisque ce solde m'est absolument nécessaire pour compléter, avec les sommes que j'ai versées à cette Caisse, le paiement du semestre d'intérêts dont s'agit.

» Dans cette détermination de ma part, le Comité reconnaîtra, je l'espère, mon ardent désir de soulager, le plus tôt possible, les souffrances des prêteurs, et de leur prouver que les intentions du Gouvernement haïtien, à leur égard, ont toujours été sincères et loyales.

» Veuillez recevoir, Messieurs, l'assurance de ma considération la plus distinguée,

» *Signé :* B. ARDOUIN. »

Par suite de la lettre ci-dessus, le Comité convoqua une assemblée générale, dont ci-après procès-verbal :

« L'an mil huit cent quarante-huit et le 21 du mois de juillet, à huit heures du matin, les soussignés : Barthélemy Guynet, président ; J. P. Vaur, Sarrans aîné, Mongrolle, Dubourg, Guibout et Lebrun, tous demeurant et domiciliés à Paris, formant la majeure partie du Comité de l'emprunt d'Haïti, élu par sa dernière assemblée générale du 15 février 1846, en suite de la lettre adressée audit Comité par M. B. Ardouin, Ministre-résident de la République à Paris, le 13 juillet courant, ayant pour objet de lui faire connaître que, la ratification au traité conclu entre eux le 12 février dernier ne lui étant pas encore arrivée, comme son Gouvernement le lui avait annoncé, il est néanmoins urgent, conformément à la lettre du Comité du 11 de ce mois et à la réponse du Ministre-résident, du 13, de convoquer à une réunion les Porteurs d'annuités de l'Emprunt, afin de leur soumettre à ratification le susdit traité, ont, tant par des avis insérés dans différents journaux que par des affiches placardées à la Bourse, prévenu lesdits Porteurs d'annuités qu'une réunion aurait lieu aujourd'hui, dans la grande salle de la Bourse, pour prendre connaissance du traité dont s'agit, afin d'en proposer la ratification, et où, étant réunis en grand nombre, la séance a été ouverte et présidée par M. Barthélemy Guynet, qui a fait à l'assemblée, au nom du Comité, le rapport ci-après :

« Messieurs,

» Le Comité que vous avez reconstitué dans votre assemblée du 15 février 1846, à l'effet de vous représenter dans les réclamations que vous aviez à exercer, tant auprès du Gouvernement français que vis-à-vis celui de la République d'Haïti, pour obtenir la reprise du service de l'Emprunt, interrompu depuis 1843, s'est efforcé de répondre à la confiance dont vous l'avez investi. Les nombreux documents dont vous avez déjà connaissance témoignent de ses démarches et de ses soins pour obtenir un résultat favorable à nos intérêts communs, et mettre un terme à l'état de souffrance dans lequel ils ont été laissés. Il n'a pas dépendu de votre Comité d'en abréger la durée ; ses espérances à cet égard ont été, malheureusement, souvent déçues par les changements fréquents survenus dans le personnel du Gouvernement haïtien et par les dissensions politiques qui se sont succédé dans ce malheureux pays, encore déchiré par des luttes sanglantes.

» Il serait superflu de vous faire ici l'historique de toutes les démarches que nous avons faites pour hâter le moment où nous pourrions vous annoncer une solution satisfaisante pour nos intérêts. Nous devons nous borner à vous rendre compte des faits principaux qui ont amené les nouveaux arrangements financiers que nous avons conclus avec M. le Ministre-résident de la République d'Haïti, à Paris, et par suite desquels le coupon des intérêts du premier semestre de 1843 doit vous être payé immédiatement, si vous approuvez ces arrangements, et celui des intérêts du deuxième semestre de la même année avant le 31 décembre prochain.

» Vous avez sans doute été informés par les journaux, comme nous l'avons été nous-mêmes, que, le 15 mai de l'année dernière, M. le consul général français à Port-au-Prince avait conclu un traité financier avec le Gouvernement haïtien, d'après lequel celui-ci s'était engagé d'abandonner, et d'affecter exclusivement, comme garantie du paiement de l'indemnité due aux anciens Colons, la moitié des droits d'importation et de tonnage perçus sur les navires admis dans les ports de la République. Le produit de ces droits, d'après les assurances qui nous ont été données par M. le consul général, devant être plus que suffisant pour satisfaire la dette des Colons, il nous paraissait naturel et de droit que l'Excédant devînt applicable à l'emprunt, et c'est ce qui aurait dû être stipulé dans le traité; mais nous apprîmes que, loin de là, les intérêts des prêteurs avaient été abandonnés à la merci du Gouvernement haïtien, et qu'ils avaient été laissés entièrement en dehors des négociations.

» Lorsque cet avis nous fut parvenu, nous écrivîmes immédiatement à M. le Ministre des affaires étrangères pour nous plaindre d'un semblable abandon, qui était contraire à tous les précédents, et qui donnait un démenti complet à toutes les assurances, qu'ils nous avait si souvent données, que nous pouvions compter sur un appui efficace de la part du Gouvernement.

» Du reste, Messieurs, les intérêts que nous représentons ne sont pas les seuls qui aient eu à souffrir d'une politique antipathique à tout acte de vigueur, lorsqu'il s'agissait d'appuyer, vis-à-vis de l'étranger, les réclamations des nationaux; les emprunts contractés par l'Espagne, et les intérêts français engagés dans les affaires de la Plata, n'ont pas été mieux défendus; c'est un reproche que l'on peut justement adresser au Gouvernement qui a succombé le 24 février d'avoir, sous ce rapport, méconnu ses obligations.

» Quoi qu'il en soit, notre lettre produisit une certaine impression sur l'esprit de M. le Ministre des affaires étrangères; les Commissaires haïtiens étant, dans cette entrefaite, arrivés à Paris, nous sûmes qu'il leur avait manifesté l'intention de ne présenter à la ratification du Roi le traité du 15 mai que tout autant que, préalablement, ils se seraient entendus et mis d'accord avec les Prêteurs.

» Des conférences s'ouvrirent immédiatement entre nous et MM. les commissaires haïtiens; M. le consul général Levasseur fut autorisé par le Ministre à assister aux conférences et à nous aider de son concours. Après plusieurs séances et plusieurs lettres échangées entre le Comité et les Commissaires haïtiens, nous nous mîmes d'accord sur les conditions auxquelles pourrait avoir lieu la reprise du service de l'emprunt ; elles furent immédiatement formulées sous la forme de propositions, et transmises par MM. les Commissaires haïtiens à leur Gouvernement, avec la demande d'être autorisés à les convertir en un traité définitif.

» En effet, par sa lettre du 7 février dernier, M. B. Ardouin, Ministre résident de la République d'Haïti à Paris, nous ayant annoncé que son Gouvernement, désirant conclure un arrangement propre à faciliter la liquidation de l'emprunt contracté par la République en 1825, venait de lui conférer des pleins pouvoirs et ses instructions pour atteindre ce but, nous sommes entrés de nouveau en conférence avec lui, et nous avons conclu, sous la date du 12 février 1848, le traité dont il va vous être donné communication, et qui sera soumis à votre approbation.

» Nous ne retracerons pas ici les dispositions de ce traité, puisqu'il vous en sera donné lecture ; mais nous devons vous faire remarquer que le paiement du coupon du 1er semestre de 1843, qui doit se faire immédiatement, ne peut être obligatoire que tout autant que le traité dont il s'agit aura obtenu votre approbation, laquelle sera constatée par le procès-verbal au bas duquel nous vous inviterons à apposer votre signature séance tenante.

» Bien que le délai dans lequel devait se faire l'échange des ratifications de ce traité soit expiré, nous ne croyons pas devoir nous en prévaloir pour vous proposer de le regarder comme non avenu, puisque le retard qu'a éprouvé M. le Ministre haïtien à recevoir la ratification de son Gouvernement est expliqué par les circonstances politiques survenues dans le pays, et qu'il a d'ailleurs consenti à ne pas attendre cette ratification pour acquitter les intérêts du premier semestre de 1843. Nous espérons que ceux du deuxième semestre le seront également à l'époque fixée par le traité ; s'il en était autrement, nous aurons à aviser sur ce que nous devrons faire. Nous ajouterons qu'il est à notre connaissance que M. Ardouin eût été en mesure, et qu'il en avait le désir, de payer ce deuxième semestre presque immédiatement après le premier, s'il n'eût pas été obligé de renvoyer à son Gouvernement pour environ cent mille francs de remises qui lui avaient été adressées à cette destination, et qui ont été protestées faute de paiement, sans doute par suite de la crise financière dont nous éprouvons tous les tristes effets.

» Désirant aller au devant des objections que peut soulever le traité qui doit être soumis à votre approbation, nous vous dirons, Messieurs, que votre Comité ne s'est décidé à l'accepter que sur les assurances qui lui ont été données par M. le consul général Levasseur, à savoir que le produit des droits d'importation et de tonnage était la ressource la plus liquide du Gouvernement haïtien, et la seule qu'il pût rendre applicable aux dépenses de son administration et à l'extinction de sa dette envers la France. Il ajouta que, d'après les renseignements puisés à des sources certaines, le produit de ces mêmes droits, dans les plus mauvaises années, n'avait jamais été inférieur à 4 millions de francs, et qu'en 1847 il avait même dépassé 4,500,000 ; d'où il tirait la conséquence que, sur la moitié abandonnée à la France par le traité du 15 mai, il resterait, après en avoir distrait l'annuité des Colons, un excédant suffisant pour assurer le paiement des intérêts de l'emprunt, et probablement un solde applicable à son amortissement.

» Nous croyons, Messieurs, ne nous acquitter que faiblement envers M. Levasseur, en consignant dans ce rapport un témoignage de la gratitude que nous lui devons pour le dévouement avec lequel il a constamment défendu nos intérêts à Port-au-Prince, et, en dernier lieu, pour nous avoir assisté de son concours. Nous vous proposerons de lui voter des remercîments.

» Nous devons aussi déclarer que nous n'avons eu qu'à nous applaudir de nos rapports avec M. B. Ardouin, Ministre plénipotentiaire de la République d'Haïti. Il nous est agréable, dans cette circonstance, de rendre justice à la loyauté de son caracsère et à l'esprit de conciliation qu'il a apporté dans les négociations dont son Gouvernement l'avait chargé.

» Les fonds provenant de la cotisation de 25 centimes par annuité que vous aviez votée, dans votre assemblée du 15 février

1846, pour subvenir aux dépenses faites dans l'intérêt commun, étant épuisés par suite de l'abstention de la grande majorité des porteurs, et votre Comité prévoyant avoir de nouveaux frais à acquitter, nous vous proposerons de consentir à ce qu'il soit fait une retenue de 10 centimes par chaque annuité, au moment du paiement du coupon, qui sera annoncé par un avis affiché à la Bourse et publié dans les journaux avec indication du lieu où l'on devra se présenter pour recevoir. »

Un membre, après avoir présenté diverses observations, proteste contre l'acceptation du traité ; son opinion est appuyée par plusieurs autres membres ; mais la majorité de l'assemblée se manifestant dans un sens contraire, et personne ne demandant plus la parole ni sur le contenu de la correspondance, ni sur l'ensemble du traité,

Monsieur le président a mis aux voix l'adhésion et la ratification dudit traité.

L'assemblée se prononce, à une grande majorité, pour l'adoption du traité et sa ratification. Les absents manifesteront leur adhésion en recevant le paiement du premier semestre, échu en 1843.

Sur la proposition de l'un de ses membres, l'assemblée vote, par acclamation, ses remercîments à son Comité pour les soins et le zèle qu'il a apportés dans sa mission, ainsi qu'à M. Levasseur, consul général de France à Haïti, pour le concours qu'il a bien voulu prêter au Comité.

L'assemblée vote ensuite des remercîments aux divers journaux qui ont bien voulu insérer gratuitement, dans leurs feuilles, des avis pour annoncer aux porteurs d'annuités la présente réunion, et qui, dans toutes les circonstances, ont donné la plus grande publicité à leurs justes réclamations.

Pour faire face aux frais qui ont été faits et ceux qu'une éventualité quelconque peut exiger, le Comité propose aux prêteurs de consentir à ce qu'il soit fait une retenue de *dix centimes* par chaque annuité. Cette proposition, ayant été mise aux voix, fut adoptée à la grande majorité.

L'objet de la présente réunion étant ainsi accompli, M. le Président lève la séance à onze heures ; et le présent procès-verbal, fait en double expédition, a été clos et arrêté par les membres du Comité de l'emprunt, susnommés, ainsi que par les Porteurs d'annuités, qui ont bien voulu joindre leurs signatures.

» *Signé* : GUYNET, président; J.-P. VAUR, SARRANS aîné, DUBOURG, MONGROLLE, COTTENOT, GUIBOUT, GOUBOT.

(*Viennent, à la suite, de nombreuses signatures.*)

Paris, 27 juillet 1848.

A Monsieur B. Ardouin, Ministre-résident de la République d'Haïti, à Paris.

« Monsieur le Ministre,

» Conformément au désir exprimé dans la lettre que vous avez adressée au Comité de l'Emprunt d'Haïti, en date du 13 de ce mois, l'assemblée générale des Porteurs de titres a été réunie par ses soins, dans l'une des salles de la Bourse, le 21 juillet courant, et elle a donné son approbation à la convention du 12 février dernier, qui détermine le nouveau mode de liquidation de l'Emprunt dont il s'agit.

» Le procès-verbal qui constate cette approbation ayant été fait en double expédition, j'ai l'honneur de vous en transmettre une, que voux trouverez annexée à la présente.

» Rien de sérieux ne s'opposant plus au paiement des intérêts du premier semestre 1843, le Comité compte sur votre bon vouloir pour hâter, autant qu'il vous sera possible, le moment où les porteurs pourront recevoir ces mêmes intérêts.

» Veuillez agréer, Monsieur le Ministre, l'expression de mes sentiments de haute considération.

» *Le Président du Comité de l'Emprunt d'Haïti.*

» *Signé* : GUYNET. »

Paris, 29 juillet 1848.

A Messieurs les Membres du Comité des Porteurs de titres de l'Emprunt d'Haïti.

« Messieurs,

» J'ai reçu, avec votre lettre du 27 courant, l'un des deux originaux du procès-verbal, en date du 21, qui constate que l'assemblée générale des Porteurs de titres de l'Emprunt d'Haïti a donné son approbation à la convention du 12 février dernier. De mon côté, je m'empresserai de vous remettre, en échange, la ratification du Président d'Haïti, aussitôt qu'elle me sera parvenue.

» Je n'avais pas attendu, Messieurs, l'envoi du susdit procès-verbal, pour écrire au Directeur général de la Caisse des dépôts et consignations, au sujet de la délivrance des sommes nécessaires au paiement du premier semestre des intérêts de 1843. Par ma lettre du 24 de ce mois, je le prie de demander au Ministre des finances l'autorisation de faire faire directement cette délivrance aux Porteurs, par la Caisse même, afin d'épargner les frais qu'entraînerait l'intermédiaire d'un banquier, frais qui réduiraient d'autant le reliquat destiné à former un premier fonds pour le deuxième semestre d'intérêts de ladite année 1843. Je n'ai pas encore reçu la réponse du Directeur général.

» Recevez, Messieurs, l'assurance de ma considération la plus distinguée.

» *Signé :* B. Ardouin. »

Paris, 7 août 1848.

A Messieurs les Membres du Comité de l'Emprunt d'Haïti.

« Messieurs,

» Je m'empresse de vous adresser, sous ce pli, l'original, en date du 1er juillet expiré, de la ratification, par le Président d'Haïti, de la convention passée, entre le Comité et moi, le 12 février de la présente année.

» Cet envoi et celui que vous m'avez fait vous-mêmes de la ratification, en date dudit mois de juillet, de cette convention par l'assemblée générale des Porteurs de titres de l'Emprunt de 1825, satisfont aux prescriptions de l'art. 6 de la susdite convention, qui, dès ce moment, devient obligatoire pour les deux parties contractantes.

» Notre correspondance à ce sujet tenant lieu de procès-verbal d'échange de ratifications, veuillez m'accuser réception du présent envoi.

» Recevez, Messieurs, l'assurance de ma considération la plus distinguée.

» *Signé* : B. ARDOUIN. »

LIBERTÉ. AU NOM DE LA RÉPUBLIQUE, ÉGALITÉ.

Faustin Soulouque, Président d'Haïti.

« A tous ceux qui ces présentes verront, salut :

» Comme notre Ministre-résident à Paris, le Sénateur Alexis-Beaubrun Ardouin a, en vertu des pleins pouvoirs que nous lui avons conférés, conclu, arrêté et signé, à Paris, sous la date du 12 février de la présente année, avec un Comité de membres de l'Assemblée des Porteurs de titres de l'Emprunt consenti en 1825, par la République, une convention dont la teneur suit :

TRAITÉ.

« Le Président de la République d'Haïti et l'Assemblée des Porteurs de titres de l'emprunt consenti, en 1825, par la République, désirant, d'un commun accord, conclure un arrangement propre à faciliter la liquidation dudit emprunt, ont nommé à cet effet, savoir :

» Le Président de la République d'Haïti : le Sénateur Alexis Beaubrun Ardouin, Ministre-résident de la République à Paris, d'une part ;

» Et l'Assemblée des Porteurs : un Comité de ses membres, composé de MM. Guynet, président ; Vaur, Guibout, Sarrans aîné, Mongrolle, Dubourg, Labie et Cottenot, d'autre part ;

» Lesquels, après avoir échangé leurs pleins pouvoirs respectifs, trouvés en bonne et due forme, sont convenus des articles suivants :

» Art. 1er. — La République d'Haïti s'engage à reprendre, à partir de 1849, le service des intérêts de l'emprunt de 1825, et elle affecte spécialement à ce service l'excédant de la moitié de ses droits d'importation et de tonnage, après le prélèvement de la portion de cette moitié de droits qui, d'après la Convention du 15 mai 1847 entre la France et Haïti, est réservée à la liquidation de l'indemnité.

» Art. 2. — Elle s'oblige aussi de payer, dans le cours de la présente année 1848, les intérêts des deux semestres de 1843, savoir : le premier semestre le 15 juin, et le second semestre avant le 31 décembre.

» Art. 3. — L'excédant afférent au service des intérêts de l'emprunt d'après l'art. 1er ci-dessus sera payé suivant le mode établi, par la susdite Convention du 15 mai 1847, pour le paiement de la portion afférente à l'indemnité.

» Si, après le paiement des intérêts, cet excédant laissait un reste, ce reste, quel qu'il soit, sera applicable soit à l'amortissement des obligations de l'emprunt par la voie du tirage au sort, conformément à ce qui a été réglé par la transaction de 1839, soit à l'extinction des intérêts arriérés des années 1844, 1845, 1846, 1847 et 1848, selon que le Comité des Porteurs le jugera convenable.

» Art. 4. —Dans le cas où la totalité de la moitié des droits d'importation et de tonnage de la République viendrait à être absorbée par la liquidation d'une ou de plusieurs annuités de l'indemnité, les intérêts de l'emprunt qui se trouveraient en souffrance seraient reportés aux premières années où il y aurait un excédant, pour être payés concurremment avec les intérêts desdites années, et même par préférence, s'il y avait insuffisance.

» Art. 5. — Cependant, si, pendant cinq années consécutives, l'excédant de la moitié desdits droits d'importation et de tonnage ne suffisait pas à couvrir, en moyenne, les quatre cinquièmes des intérêts de l'emprunt, les parties contractantes seront libres de prendre d'autres arrangements, à défaut de quoi elles seront, de droit, replacées dans les termes et conditions de la transaction de 1839.

» Art. 6. — La présente convention sera ratifiée, et l'échange des ratifications en sera fait, à Paris, dans le délai de quatre mois, et plus tôt, si faire se peut.

» En foi de quoi, le Sénateur Ardouin et MM. les membres du Comité ont signé la présente Convention en double original.

» Fait à Paris, le 12 février 1848.

» *Signé :* B. ARDOUIN; GUYNET, président; VAUR, SARRANS aîné, COTTENOT, MONTGROLLE, DUBOURG, LABIE et F. GUIBOUT. »

« Nous, ayant vu et mûrement examiné la susdite convention en tous et chacun des points qui y sont énoncés, l'avons acceptée, confirmée et ratifiée, comme, par ces présentes signées de notre main, l'acceptons, confirmons et ratifions; promettant de remplir et d'observer religieusement tout ce qui y est contenu, d'y tenir la main, et de ne pas permettre qu'il y soit contrevenu ni directement ni indirectement. En témoignage de quoi, nous avons fait apposer à ces présentes le sceau de la République.

« Donné au Palais-National, aux Chardonnières, le 1er juillet, l'an du Seigneur 1848, et 45e année de l'indépendance.

Signé : SOULOUQUE.

» Par le Président :

» *Le Secrétaire d'état des relations extérieures.*

» *Signé :* SALOMON. »

Paris, le 11 août 1848.

A Monsieur Ardouin, Ministre-résident de la République d'Haïti, à Paris.

« Monsieur le Ministre,

» Le Comité de l'Emprunt contracté par votre Gouvernement a reçu, avec la lettre que vous lui avez fait l'honneur de lui adresser le 7 de ce mois, l'original, en date du 1er juillet expiré, de la ratification, par le Président d'Haïti, de la convention du 12 février dernier, passée entre vous et le Comité.

» Au moyen de la réception de ce document et de l'envoi que le Comité vous a fait, en juillet dernier, de la ratification de la convention précitée, par les Porteurs de titres de l'Emprunt de 1825, les prescriptions de l'art. 6 de la susdite convention se trouvent réalisées, et, dès ce moment, elles deviennent obligatoires pour les deux parties contractantes.

» Le Comité vous sera obligé, Monsieur le Ministre, de vouloir bien l'informer du jour où le paiement des intérêts du premier semestre de 1843 pourra être effectué, afin qu'il puisse en donner avis aux Porteurs de titres, qui attendent, avec une impatience que vous comprendrez vous-même, le moment où ils pourront recevoir.

» Veuillez agréer, Monsieur le Ministre, l'expression de mes sentiments de haute considération.

» *Le Président du Comité,*

» *Signé :* GUYNET. »

Paris, le 23 août 1848.

A Messieurs les Membres du Comité des Porteurs de titres de l'Emprunt d'Haïti.

« Messieurs,

» Dans mon désir d'assurer au Gouvernement haïtien, aussi bien qu'aux Porteurs de titres, le plus de garantie possible, j'avais proposé à la Caisse des dépôts et consignations de se charger elle-même de faire aux Porteurs de titres la délivrance de ce qui leur revient pour le premier semestre d'intérêts de 1843. Mais le Directeur général de cette Caisse, après avoir éludé quelque temps de se prononcer, m'ayant enfin déclaré que, si la Caisse s'occupait de faire les paiements, elle n'entendrait pas engager sa responsabilité, et exigeant, d'ailleurs, la remise de pièces que je n'ai point et qu'il me faudrait faire venir d'Haïti, ce qui ajournerait encore à plus de trois mois une opération que la juste impatience des ayant-droit voudrait voir commencer sans plus de retard; j'ai l'honneur de vous aviser, Messieurs, que je me suis décidé à confier, sous ma propre direction, cette opération à M. Vaur, dont la capacité et le zèle sont généralement connus en Haïti. Les Porteurs de titres trouveront, de leur côté, dans ce choix, une garantie qu'ils apprécieront, puisque M. Vaur est membre du Comité qu'ils ont eux-mêmes élu pour veiller à leurs intérêts. Une annonce paraîtra demain, à ce sujet, dans *le Moniteur universel* et dans d'autres journaux.

» Recevez, Messieurs, l'assurance de ma considération la plus distinguée.

» *Signé* : B. ARDOUIN. »

Paris, le 29 août 1848.

A M. le Ministre-résident de la République d'Haïti, à Paris.

« Monsieur le Ministre,

» J'ai l'honneur de vous accuser réception de la lettre que vous avez adressée au Comité des Porteurs de titres de l'Emprunt d'Haïti, le 23 du courant, par laquelle vous l'informez que, dans votre désir d'assurer à votre Gouvernement, aussi bien qu'aux Porteurs de titres, le plus de garantie possible, vous aviez proposé à la Caisse des dépôts et consignations de se charger, elle-même, de leur faire la délivrance des intérêts du premier semestre de 1843; mais que M. le Directeur général de cette caisse, après avoir éludé quelque temps de se prononcer, y avait mis des conditions auxquelles il vous était impossible de satisfaire par suite des graves difficultés que présentait leur accomplissement, outre la perte de temps qui en serait résultée, et aurait ainsi ajourné indéfiniment une opération déjà beaucoup trop retardée contre la juste impatience des ayant-droit.

» Vous ajoutez que, dans cette conjoncture, vous avez cru devoir confier, sous votre propre direction, cette opération à M. Vaur, l'un des membres du Comité, et qu'un avis, inséré dans *le Moniteur universel* et d'autres journaux, annoncera aux intéressés que c'est chez lui qu'ils auront à se présenter pour recevoir.

Le Comité, reconnaissant de vos efforts et de votre sollicitude pour hâter le moment où pourrait s'effectuer le paiement des intérêts du premier semestre de 1843, regrette que la

Caisse des dépôts et consignations n'ait pu être chargée de les acquitter par les motifs que vous avez vous-même appréciés, mais il ne peut qu'applaudir à ceux qui vous ont déterminé à en confier le soin à M. Vaur; ce choix, qui offre à votre Gouvernement et aux intéressés de l'Emprunt toutes les garanties désirables, obtiendra, sans nul doute, de leur part, le même assentiment que celui que le Comité s'empresse de lui donner comme un témoignage de sa parfaite estime.

» Je saisis cette occasion, Monsieur le Ministre, pour vous renouveler l'assurance de ma haute considération.

» *Le Président du Comité de l'Emprunt d'Haïti.*

» *Signé :* GUYNET. »

Paris, le 28 août 1848.

A M. le Directeur de la Caisse des dépôts et consignations.

« Monsieur le Directeur,

» D'après les intentions que vous nous avez manifestées dans la conférence que M. Vaur, membre du Comité des Porteurs de titres de l'Emprunt d'Haïti, et moi, avons eue avec vous, samedi dernier, et afin de lever toutes les difficultés de nature à retarder la délivrance des fonds nécessaires au paiement des intérêts du premier semestre de 1843 dudit Emprunt, j'ai l'honneur de vous informer que le Comité des Porteurs de titres ne met aucune opposition à ce que la Caisse des dépôts et consignations délivre, au fur et à mesure que l'exigera le paiement des intérêts du semestre dont il s'agit, à M. B. Ardouin, Ministre-résident de la République d'Haïti, à Paris, les fonds applicables à cette destination pour, par lui, être répartis aux intéressés avec le concours de M. Vaur, qui doit l'assister dans cette opération, de l'agrément du Comité, dont il fait partie.

» Veuillez agréer, Monsieur le Directeur, l'assurance de haute considération.

» *Le Président du Comité des Porteurs de titres de l'Emprunt d'Haïti.*

» *Signé :* GUYNET. »

Paris, le 1er septembre 1848.

A Monsieur Guynet, rue Ventadour, n° 1.

« Vous m'avez informé, Monsieur, par votre lettre du 28 de ce mois, que le Comité des Porteurs des obligations de l'emprunt d'Haïti, dont vous êtes Président, ne met aucune opposition à ce que la Caisse des dépôts et consignations tienne à la disposition de M. Ardouin, ministre d'Haïti, les fonds consignés au nom des contractants dudit Emprunt au fur et à mesure du paiement qui doit avoir lieu d'un semestre de ces mêmes obligations.

» Il est nécessaire, Monsieur, que vous produisiez à l'appui de votre déclaration les documents propres à constater la composition du Comité dont il s'agit, c'est-à-dire le procès-verbal de formation de ce Comité et la ratification de la convention conclue entre la République d'Haïti et les Porteurs de titres de son Emprunt.

» Je vous prie de vouloir bien me communiquer ces pièces le plus promptement possible, afin que la remise des fonds entre les mains de M. Ardouin n'éprouve pas de retard.

» Recevez, Monsieur, l'assurance de ma parfaite considération.

» *Le Directeur général de la Caisse des dépôts et consignations.*

» GUILLEMOT. »

Paris, le 5 septembre 1848.

Messieurs les Membres du Comité des Porteurs de titres de l'emprunt d'Haïti.

« Messieurs,

» Je viens de recevoir du Secrétaire d'état des finances, du commerce et des relations extérieures, une dépêche qui témoigne de la ferme volonté du Gouvernement haïtien d'exécuter la convention du 12 février, et de sa sollicitude pour que, en conformité de l'art. 2 de cette convention, le paiement du second semestre des intérêts de 1843 soit fait, avant la fin de la présente année, aux Porteurs de titres de l'Emprunt de 1825.

» Le Secrétaire d'état m'annonce que les fonds nécessaires à cette liquidation sont réunis, et qu'il me les eût expédiés par le steamer des Antilles, si le chef du Gouvernement ne se trouvait pas à 60 lieues de la capitale.

Dans cette situation et vu le peu de confiance qu'inspirent, pour le moment, les traites du commerce, le Secrétaire d'état m'annonce que la proposition va être faite incessamment au Consul général de France en Haïti de recevoir en monnaie forte, pour le compte des Porteurs, la somme nécessaire au paiement du second semestre des intérêts de 1843. J'aime à penser que M. le Consul ne fera aucune difficulté à recevoir ces valeurs et à les expédier en France, soit en espèces, soit en traites sur le trésor national; et je me propose de voir, à cet égard, M. le Ministre des affaires étrangères, pour qu'il veuille bien autoriser l'agent français à Haïti à accepter cette somme, et à en faire la remise de l'une des deux manières ci-dessus indiquées.

» Recevez, Messieurs, l'assurance de ma considération la plus distinguée.

» B. ARDOUIN. »

Paris, le 8 septembre 1848.

A Monsieur B. Ardouin, Ministre plénipotentiaire de la République d'Haïti, à Paris.

« Monsieur le Ministre,

» Je me rends avec grand plaisir l'interprète des sentiments du Comité des Porteurs de titres de l'Emprunt d'Haïti, en vous exprimant tous ses remercîments pour la communication que vous avez bien voulu lui faire par votre lettre du 5 de ce mois. Il ne pouvait apprendre qu'avec la plus vive satisfaction que, d'après la dernière dépêche que vous avez reçue du Secrétaire d'état des finances, du commerce et des relations extérieures, le Gouvernement haïtien manifeste la ferme volonté d'exécuter la convention du 12 février, et témoigne de sa sollicitude pour que, en conformité de l'art. 2 de cette convention, le paiement du second semestre de 1843 soit fait avant la fin de la présente année. Le Comité n'a pas non plus remarqué avec moins de plaisir que le Secrétaire d'état vous annonce en même temps que les fonds nécessaires à cette liquidation sont réunis, et qu'il vous les eût expédiés par le steamer des Antilles, si le chef du Gouvernement ne se trouvait pas à 60 lieues de la capitale.

» Le Comité ne peut, du reste, qu'applaudir aux dispositions que le Secrétaire d'état vous annonce être sur le point de prendre, en se concertant avec le Consul général de France, à l'effet de rendre tout à la fois plus facile et plus sûre la transmission des sommes destinées au paiement des intérêts du second semestre de 1843. Il est à espérer que, dans la conférence que vous vous proposez d'avoir à ce sujet avec M. le Ministre des affaires étrangères, vous obtiendrez la solution que vous en attendez.

» Ces résultats semblent devoir préparer un avenir meilleur à l'Emprunt, éprouvé par tant de vicissitudes diverses, et placer les Prêteurs dans des conditions plus favorables; c'est un juste retour des nombreux témoignages de sympathie qu'ils ont donnés à la République d'Haïti et de tous les sacrifices qu'ils se sont imposés. Le Comité ne se dissimule pas, Monsieur le Ministre, que c'est à votre concours actif et éclairé qu'est due en grande partie cette amélioration; vos sages conseils, dans la haute position que vous occupez, n'auront pas été sans influence sur les déterminations de votre Gouvernement; vous lui aurez fait comprendre qu'il ne devait pas considérer ni traiter l'Emprunt comme une dette politique, mais qu'il s'agissait pour lui de faire honneur à des engagements contractés par la République, et acceptés par les Prêteurs avec la confiance qu'ils avaient dans sa loyauté et sa bonne foi.

» Veuillez agréer, Monsieur le Ministre, l'expression de ma haute considération.

» *Le Président du Comité.*

Signé : GUYNET. »

Paris, le 9 octobre 1848.

Messieurs les Membres du Comité des Porteurs de titres de l'Emprunt d'Haïti.

« Messieurs,

» Par ma lettre précédente je vous informais que j'avais reçu du Secrétaire d'état des finances, du commerce et des relations extérieures, l'assurance qu'aussitôt le retour du Président d'Haïti dans la capitale, la proposition serait faite au Consul général de France de recevoir le solde dû aux Porteurs de titres de l'Emprunt sur les intérêts de 1843.

» J'ai, aujourd'hui, la satisfaction de vous faire savoir qu'une dépêche du même Secrétaire d'état, datée du Port-au-Prince le 7 septembre expiré, m'annonce que ladite proposition a été faite à M. Reybaud, qui l'a acceptée, et que les fonds nécessaires vont être immédiatement versés à la Caisse de la chancellerie française.

» Ainsi, comme je le prévoyais, le Consul général de France, quoique sans instructions à cet égard, a agi dans l'intérêt des Prêteurs français; mais il ne tardera pas à recevoir l'autorisation que M. le Ministre des affaires étrangères, suivant la promesse qu'il m'en a faite, a dû lui faire expédier par le packet du 15 dernier.

» Le Comité peut compter qu'aussitôt que les valeurs dont s'agit seront parvenues à Paris, je prendrai mes dispositions pour faire exécuter sans retard la clause finale de l'art. 2 de la Convention du 12 février.

» Recevez, Messieurs, l'assurance de ma considération la plus distinguée.

» B. Ardouin. »

Paris, le 30 octobre 1848.

A Monsieur B. Ardouin, Ministre-résident de la République d'Haïti, à Paris.

« Monsieur le Ministre,

» Le Comité des Porteurs de titres de l'Emprunt d'Haïti vous doit des remercîments pour la nouvelle communication que vous avez bien voulu lui faire par votre lettre du 9 de ce mois, dans laquelle vous lui annoncez que, par sa dépêche en date du 7 septembre, le Secrétaire d'état des finances, du commerce et des relations extérieures, vous a informé que M. le Consul général de France avait accepté la proposition qu'il lui avait faite de recevoir le solde dû aux Porteurs de titres de l'Emprunt sur les intérêts de 1843, et que les fonds nécessaires à cette affectation allaient être immédiatement versés à la Caisse de la chancellerie française.

» Vous ajoutez que le Comité peut compter qu'aussitôt que les valeurs dont il s'agit seront parvenues à Paris, vous prendrez vos dispositions pour faire exécuter sans retard la clause finale de l'art. 2 de la convention du 12 février.

» Ces assurances étant pour le Comité une nouvelle preuve de votre sollicitude et de votre sympathie pour les intérêts qu'il représente, je suis chargé par lui de vous prier d'agréer en retour l'expression de sa gratitude.

» Je saisis cette occasion, Monsieur le Ministre, pour vous offrir l'assurance de mes sentiments de haute considération.

» *Le Président du Comité* .

» *Signé* : GUYNET. »

Paris, le 23 décembre 1848.

A Messieurs les Membres du Comité de l'Emprunt d'Haïti.

« Messieurs,

» Je m'empresse de vous faire savoir que je viens de recevoir du Secrétaire d'état des finances une dépêche, en date du 13 novembre, par laquelle il m'annonce que, le 8, il avait été embarqué, pour compte du Gouvernement haïtien, à bord de la corvette à vapeur française *le Phoque*, en partance pour la Martinique, la somme de trente mille piastres et quarante-huit centimes; que cette somme a été assurée jusqu'à la Martinique, où elle sera versée à la caisse du trésorier général, qui me fournira, en échange, des délégations en francs sur le trésor de France.

» Aussitôt que ces délégations seront réalisées entre mes mains, je ne manquerai pas d'en instruire le Comité et de faire

faire aux Porteurs de titres de l'Emprunt d'Haïti le paiement du second semestre d'intérêts de 1843.

» Recevez, Messieurs, l'assurance de ma considération la plus distinguée.

» B. ARDOUIN. »

Paris, le 26 décembre 1848.

A M. B. Ardouin, Ministre-résident de la République d'Haïti, à Paris.

« Monsieur le Ministre,

» Je m'empresse de vous accuser réception de la lettre que vous avez fait l'honneur d'adresser au Comité des Porteurs de titres de l'Emprunt d'Haïti, le 23 de ce mois, dans laquelle vous leur annoncez que, par sa dépêche en date du 13 novembre, M. le Secrétaire d'état des finances vous a prévenu que, le 8, il avait embarqué, pour compte du Gouvernement haïtien, à bord de la corvette à vapeur française *le Phoque*, en partance pour la Martinique, la somme de trente mille piastres et quarante-huit centimes, et que cette somme a été assurée jusqu'à la Martinique, où elle sera versée à la Caisse du trésorier général, qui vous fournira, en échange, des délégations en francs sur le trésor de France.

» Vous ajoutez qu'aussitôt que ces délégations seront réalilisées entre vos mains, vous ne manquerez pas d'en instruire le Comité, et de faire faire aux détenteurs de titres de l'Emprunt d'Haïti le paiement du second semestre d'intérêts de 1843.

» Le Comité, Monsieur le Ministre, me charge de vous faire tous ses remercîments de cette communication, qui intéresse à un si haut degré les Porteurs de titres de l'Emprunt dont il s'agit, et, par cela même, ne peut manquer d'être accueillie par eux avec des sentiments de gratitude qui ne sont que le juste retour de votre constante sollicitude pour leurs intérêts. Je crois donc n'aller qu'au devant de leurs intentions en vous en offrant ici l'expression.

» Veuillez agréer, Monsieur le Ministre, la nouvelle assurance de mes sentiments de haute considération.

» *Le Président du Comité.*

» *Signé :* GUYNET. »

CONCLUSION.

La Convention du 12 février dernier est le résultat d'une appréciation soigneusement élaborée. Elle se rattache aux stipulations de la Convention du 15 mai 1847, conclue et ratifiée par le Gouvernement français, en faveur des anciens Colons de Saint-Domingue. Par ce fait, elle donne aux intéressés de l'Emprunt la même garantie de paiement que celle contractée pour l'Indemnité, et, dès lors, les deux dettes sont assimilées l'une à l'autre. — C'était le but des efforts du Comité ; il lui reste la satisfaction de l'avoir atteint.

En conséquence, après avoir touché le coupon n° 36 du deuxième semestre des intérêts échus en 1843, les Porteurs de titres de l'Emprunt devront attendre le premier trimestre de 1850, pour avoir droit à la répartition de la moitié des droits de douane applicables aux intérêts de leurs titres, pour l'exercice clos de l'année 1849, et cela, à condition que le chiffre de cet exercice soit suffisant pour couvrir l'annuité afférente aux anciens Colons. Tout ce qui excédera sera affecté aux Porteurs de titres de l'Emprunt, qui recevront d'abord les intérêts échus de l'année 1849 ; et s'il y a surplus, comme on est en droit de l'espérer, d'après le résultat de l'année 1845 et les améliorations qui peuvent s'en être suivies, ce surplus sera destiné à l'amortissement, suivant l'importance qu'il offrira. A cet effet, une assemblée générale des Porteurs sera convoquée, et déterminera elle-même, à la majorité des voix, l'application de l'amortissement.

Paris, le 25 janvier 1849.

Les Membres du Comité des Porteurs de titres de l'emprunt d'Haïti.

Signé : GUYNET, Président ; J.-P. VAUR, SARRANS aîné, DUBOURG, MONGROLLE, LABIE, COTTENOT et GUYBOUT.

ORIGINE

DE LA

DETTE D'HAÏTI ENVERS LA FRANCE,

Sa situation au 1er janvier 1849,

ET PROBABILITÉ DE SA LIBÉRATION COMPLÈTE, D'APRÈS LES CALCULS QUI ONT DÉTERMINÉ LES CONVENTIONS DES 15 MAI 1847 ET 12 FÉVRIER 1848.

Peu de personnes ignorent qu'à la suite de la Révolution survenue en France, en 1789, le contre-coup s'en fit violemment sentir dans la partie française de l'ancienne colonie de Saint-Domingue. Cet ébranlement fut tel, qu'après plusieurs années d'une administration irrésolue et ombrageuse, cette florissante colonie, surnommée *la Reine des Antilles*, se détacha de la France, et proclama son indépendance, le 1er janvier 1804, sous le général Jean-Jacques Dessalines, qui fut, en même temps, reconnu Gouverneur général, et plus tard Empereur. Cette émancipation ne put s'accomplir que par le massacre, l'incendie, la spoliation et l'expulsion générale des Colons français. Suivant les documents officiels de l'année 1789, la population de la partie française de Saint-Domingue présentait un effectif de 521,730 individus, ainsi répartis : 38,360 blancs, 28,370 jaunes et 455,000 noirs.

Ressources de l'ancienne colonie de Saint-Domingue.

La richesse territoriale, en habitations de grande culture, se composait comme suit :

ÉTAT général et récapitulatif des pertes éprouvées par les anciens Colons cette Colonie en 1789, *et*

PROPRIÉTÉS.		Produits en poids spécifique.	Produits accrus d'un dixième.	Prix des produits dans la colonie.
Nombre.	Nature.			
431	Sucreries en blanc.	47,500,000 1[2 k.	52,250,000 1[2 k.	42 f. 50 c. les 50 k.
362	Sucreries en brut.	93,500,000	102,850,000	24 20 id.
3117	Caféteries.	76,800,000	84,480,000	» 80 c. le 1[2 k.
789	Cotonneries.	7,004,000	7,704,400	146 f. 70 c. les 50 k.
3151	Indigoteries.	758,800	833,800	6 60 le 1[2 k.
54	Cacaotières.	300,000	330,000	» 35 c. le 1[2 k.
182	Guildiveries et distilleries.	Barriques. 20,930	» »	» » 87 f. 50 c. la barr.
6	Tanneries et exportations de cuirs bruts.			
»	Hâtes.			
370	Fours à chaux.		Dont les revenus réunis sont estimés s'élever à	
29	Poteries.			
»	Places à vivres.			
36	Briqueteries.			
8527	Propriétés rurales ayant à leur service 16,000 chevaux et 12,000 bêtes à corne.			
	De plus, il s'est exporté de cette Colonie, en 1789, en bois d'acajou, de Gayac, de Campêche, en Roucou, casse, huile de Palma-Christi, oranges, citrons verts et conflits, écailles de tortues, etc., etc., pour une somme représentant un revenu annuel de			
4000	Propriétés urbaines, dans les villes, bourgs et embarcadères.			
12527	Propriétés rurales et urbaines, estimées produire en revenus.			
	Et valoir en capitaux. . . .			
	D'après l'exposé ci-dessus, la richesse territoriale seule a été évaluée, dans son ensemble, non compris la valeur des esclaves et tout ce qui desservait les propriétés rurales et urbaines, à la somme de 1,432,932,590 fr., somme qui a servi de base, au denier dix, à établir le chiffre de l'indemnité des Colons.			

propriétaires de Saint-Domingue, établies d'après les produits exportés de suivant leur prix courant.

Montant réel des produits aux prix ci-contre.	Capital qu'ils représentent au denier dix.	OBSERVATIONS.
22,206,250 fr.	222,062,500 fr.	Les produits de la Colonie, portés ici en poids spécifique, sont établis d'une manière incontestable. Ils ont servi de base à la perception des droits d'octroi, payés à l'exportation par le commerce français et étranger. Les produits en valeurs espèces, aujourd'hui courantes, ne sont pas plus contestables. Ils sont établis sur les prix courants des denrées coloniales de Saint-Domingue pendant les années 1787, 1788 et 1789. Ces prix courants résultent des mercuriales publiées, trois fois par mois, dans les journaux officiels du Port-au-Prince et du Cap. On a fait du tout des prix moyens qui sont appliqués aux prix ci-contre. Le poids additionnel de 10 p. 100 sur toutes les denrées exportées se justifie notamment sur le sucre par la valeur des sirops, et par le fait bien connu que les sucres s'exportaient dans des boucauds d'un poids fort supérieur à 1500 livres, pour lesquels ils acquittaient les droits; que beaucoup d'autres denrées s'exportaient en fraude des droits; que beaucoup s'enlevaient par l'interlope; et qu'enfin, il s'en consommait dans la Colonie. C'est donc pour tenir lieu de ce supplément de productions réelles en denrées coloniales qu'on croit pouvoir, avec équité, évaluer les exportations à un dixième en sus. Quoi qu'il en soit de ce dixième en sus, qu'il est rigoureusement équitable d'évaluer, soit dans le produit des revenus, soit dans l'évaluation du capital, le produit général ne s'élève pas à la somme de 150,000,000 de francs obtenue pour l'indemnité; ainsi, il est mathématiquement démontré que cette somme de *cent cinquante millions* assure aux anciens Colons une année et plus de leurs revenus, ou le dixième de leurs capitaux.
24,889,700	248,897,000	
67,584,000	675,840,000	
11,302,354	113,023,540	
5,503,080	55,030,800	
115,500	1,555,000	
» »	» »	
1,831,375	18,313,750	
5,361,000	53,610,000	
1,500,000	15,000,000	
5,000,000	50,000,000	
145,293,259 fr.		
	1,452,932,590 fr.	

Sous le rapport commercial, le mouvement de la navigation, dans cette même année 1789, s'éleva à 750 *navires*, jaugeant ensemble 55,000 *tonneaux*, lesquels, après une importation dans la Colonie d'une somme approximative de 119,000,000 fr., rapportèrent en France toutes sortes de denrées, dont le produit net donna la somme de 130,763,934 francs.

Causes et conditions de l'acte de reconnaissance de l'indépendance de Saint-Domingue.

Après de longues temporisations, si justifiées par la perte de tant de richesses coloniales, le Gouvernement français, voulant venir en aide aux anciens Colons dépossédés, consentit, par une ordonnance royale du 17 avril 1825, à reconnaître l'indépendance de cette ancienne colonie, aux conditions suivantes : 1° indemnité de *cent cinquante millions de francs* pour les anciens Colons dépossédés, payables en cinq ans, en cinq termes égaux, à verser à la Caisse des dépôts et consignations de Paris; 2° la faveur du demi-droit, pour le pavillon français, sur toutes les marchandises entrant et sortant d'Haïti. Ces conditions, quoique modérées eu égard à l'abandon du sol et à la dépossession des Colons, n'en étaient pas moins exagérées en raison de la situation d'Haïti et de ses ressources annuelles; elles furent donc repoussées dès leur présentation, à cause du chiffre élevé de l'indemnité, qui s'écartait considérablement de la base de toutes les négociations précédentes, dont le débat avait établi une somme de *cent millions*. Dans cet état de choses, le négociateur, M. le baron de Mackau, dut combattre ce rejet en développant les intentions loyales du roi Charles X, qui n'étaient point de pressurer le Gouvernement haïtien. Il crut même devoir se rendre garant de cette assurance, au point de s'offrir pour ôtage. Ce langage détermina le Président d'Haïti à accepter l'ordonnance telle quelle, sous réserve de réduction et d'un traité à intervenir. Elle fut donc présentée au Sénat, qui lui donna la sanction la plus solennelle dans son entérinement.

Examinons maintenant de quelle manière Haïti a rempli ses engagements.

Des commissaires haïtiens se rendirent à Paris, à l'effet d'y obtenir la réduction de l'ordonnance à *cent millions*, et d'y négocier un Emprunt, destiné à payer le premier cinquième, *seul et unique qui ait été effectué jusqu'à ce jour*. Leur mission ayant été recommandée d'une manière officielle aux banquiers de Paris par le ministère Villèle, qui, dans des vues politiques, en faisait une opération toute française, il en résulta, le 4 novembre 1825, la négociation d'un emprunt de *trente millions de francs*, émis au taux de 80 p. 100, taux que ne purent obtenir à cette même époque plusieurs autres emprunts étrangers. Ainsi, ce fut au moyen de capitaux français que Haïti, malgré les ressources de son trésor, qu'on se plut alors à dire considérables, fit face, dès la première année, au paiement *incomplet* du premier cinquième; à savoir : *vingt-quatre millions de francs* provenant de l'Emprunt, et *cinq millions trois cent mille francs* de diverses remises dans le courant de l'année 1826. Quant à la réduction de l'ordonnance, but principal de la mission des Commissaires, le Gouvernement français resta sourd à leurs réclamations.

Depuis cette époque, le Gouvernement de cette République n'eut d'autre sollicitude que d'obtenir la réduction promise, et d'échapper, par tous les moyens, aux conditions de l'ordonnance d'émancipation. D'abord, il ne fit aucune remise sur les quatre cinquièmes restant de l'Indemnité, qu'il qualifiait de *dette politique!* Il en usa de même pour l'Emprunt, quoiqu'il le réputât *dette sacrée!* (expression du Président Boyer.) Enfin, il plaça la compagnie adjudicataire, pour soutenir le crédit haïtien, dans la nécessité de se mettre à découvert de la somme de 4,848,905 fr., afin d'assurer le service des années 1826 et 1827.

Plus tard, en 1830, il supprima arbitrairement la faveur du demi-droit, accordée au pavillon français.

Enfin, en 1838, après avoir usé de tous les moyens dilatoires, le Gouvernement haïtien obtint, par de nouvelles transactions, la réduction de moitié des quatre cinquièmes dus, soit *soixante millions*, payables en trente années, *sans intérêts*, ce qui doit se traduire évidemment par l'abandon d'un nouveau cinquième, soit *trente millions*. Quant à la dette *sacrée* (l'Emprunt), elle ne fut pas plus respectée!.... Elle devint l'objet de négociations officieuses, au lieu d'avoir un caractère officiel, comme cela aurait dû être. La République haïtienne, reconnaissante de ce que d'autres Français avaient bien voulu laisser puiser dans leur caisse les capitaux qui lui étaient nécessaires, imposa à ces mêmes Prêteurs le sacrifice énorme de dix années d'intérêts échus à 6 p. 100 (du 1er janvier 1828 au 1er janvier 1838), soit *vingt semestres de trente francs* l'un, lesquels, sur les 27,600 obligations en circulation, formèrent la somme de . . . . 16,560,000 fr.

De plus, réduction pour l'avenir à 3 p. 100 de l'intérêt stipulé à 6 sur les obligations encore dues, et dont le nombre se trouvait réduit à 17,613, attendu que, dans le laps de temps écoulé de 1827 à 1838, le Gouvernement haïtien, ayant accepté l'offre de divers négociants étrangers de lui délivrer des obligations de son Emprunt en paiement de droits de douane, était parvenu à retirer de la circulation, au prix moyen de 550 francs l'une, 9987 annuités de *mille francs*, ci 6,340,680

Perte supportée par les Prêteurs de l'Emprunt. . . . . 22,900,680 fr.

Indépendamment de cette perte dans les engagements solennellement contractés, on aura déjà remarqué que les Colons ont eu à subir, à leur tour, une réduction de *soixante millions de francs*, plus les deux cinquièmes restants, payables en trente années, *sans intérêts;* et enfin, le commerce français, la suppression du demi-droit en faveur de son pavillon.

Toutefois, il faut s'empresser de reconnaître que, depuis les transactions conclues en 1838, le Président Boyer a rigoureureusement fait exécuter, jusqu'à sa déchéance, les engagements contractés envers les Colons et les Prêteurs. Il a même laissé en caisse, au moment de l'ostracisme auquel il s'est voué, une somme de six millions de francs! somme suffisante à payer les annuités 1843 et 1844, si son successeur le Général

Rivière Hérard avait voulu faire preuve de respect à la bonne foi et à l'honneur du pays ; mais il n'en fût point ainsi : M. Adolphe Barrot n'obtint, dans sa mission, que le paiement de l'annuité 1843 afférente aux Colons, et rien pour les Prêteurs.

Depuis lors, le général Rivière Hérard ayant été renversé, et plusieurs Présidents s'étant succédé, on ne reprit point le paiement ni de l'Indemnité ni de l'Emprunt. Mais, dès l'avénement du Président Riché, sa vigoureuse administration ayant rétabli l'ordre, le Consul général de France saisit cette occasion pour réclamer l'exécution des engagements. A cet effet, le Président Riché, qui tenait à cœur d'exécuter, dans la mesure du possible, les traités entre la République et la France, posa la base de la Convention du 15 mai 1847, qu'il ne put conclure par suite de son décès, et que son successeur le Président Soulouque a conduite à bonne fin.

Situation de la dette haïtienne au 1er *janvier* 1849.

1° Aux Colons, 24 annuités de l'indemnité de 1849 à 1872.		50,900,000 f.
2° Aux Prêteurs, 11,751 obligations de l'Emprunt, en suspension de paiement depuis 1844. . . : .	11,751,000 f.	
Intérêts des coupons échus à 3 p. 100 depuis le 1er janvier 1844 au 1er janvier 1849, soit dix semestres de 15 fr., ensemble 150 fr. par obligation, sur 11,751, ci	1,762,650	
	————	13,513,650
Dette totale, envers plus de 30,000 intéressés. Valeur, 1er janvier 1849. . . .		64,413,650 f.

Situation de l'Emprunt d'Haïti au 1er *janvier* 1849.

Négociation de l'Emprunt à Paris, le 4 novembre 1825.	SÉRIES.	OBLIGATIONS RETIRÉES DE LA CIRCULATION aux divers tirages.							Obligations retirées de la circulation en admission de droits de douane.	Obligations en circulation au 1er janvier 1849.	TOTAUX.
		1827	1828	1838	1839	1840	1841	1842			
Emission de 25 séries de 12 cents obligations l'une, de la lettre A à la lettre Z, à raison de 80 p.100, ensemble 30,000 obligations.	A	»	1200	»	»	»	»	»	»	»	1200
	B	»	»	40	23	30	27	28	471	581	1200
	C	»	»	49	30	32	34	23	357	675	1200
	D	»	»	54	28	28	28	28	413	621	1200
	E	»	»	52	25	31	34	29	491	538	1200
	F	»	»	35	32	35	26	26	516	530	1200
	G	»	»	40	25	25	26	36	412	636	1200
	H	»	»	48	13	24	21	27	633	434	1200
	I	»	»	44	28	18	21	27	691	371	1200
	J	1200	»	»	»	»	»	»	»	»	1200
	K	»	»	43	29	22	21	20	584	481	1200
	L	»	»	43	25	25	24	21	589	473	1200
	M	»	»	45	33	27	27	27	471	570	1200
	N	»	»	36	23	23	29	27	454	608	1200
	O	»	»	34	20	31	34	25	580	476	1200
	P	»	»	43	24	21	35	39	458	580	1200
	Q	»	»	31	29	27	22	18	690	383	1200
	R	»	»	58	29	27	27	24	579	456	1200
	S	»	»	33	19	23	12	25	709	379	1200
	T	»	»	38	32	30	21	27	555	497	1200
	U	»	»	31	17	17	13	11	836	275	1200
	V	»	»	52	27	16	32	34	596	443	1200
	X	»	»	46	27	24	22	17	543	521	1200
	Y	»	»	57	34	30	31	27	418	603	1200
	Z	»	»	48	28	34	33	34	403	620	1200
30,000 oblig.		1200	1200	1000	600	600	600	600	12,449	11,751	30,000

La dette haïtienne est-elle au dessus des ressources du pays?

En acceptant, après toutes les péripéties qui se rattachent à cette créance, le chiffre actuel de la dette haïtienne, il est évident que, dans l'état même du pays, cette somme est et sera toujours infiniment minime pour les ressources d'Haïti, lorsque son administration voudra faire preuve de bon vouloir. Il ne s'agirait, suivant moi, d'après les connaissances que j'ai du pays, pour créer surabondamment ces ressources, qu'à mettre en régie la culture du tabac; à garder pour l'Etat le monopole de l'exploitation des bois d'acajou; à augmenter l'impôt du tafia; à veiller activement à ce que les deniers publics ne soient pas dilapidés; enfin à réduire, dans les limites indispensables, le cadre de l'état-major de l'armée, évidemment trop considérable pour la faiblesse de sa population. Ces diverses améliorations, bien faibles encore à côté des ressources qu'obtenait jadis l'ancienne Colonie, suffiraient néanmoins, et au delà, pour faire face à toutes les exigences des services publics de la République, soit à l'intérieur, soit au dehors. Au surplus, le Président Soulouque l'a parfaitement apprécié; et dans son désir de rétablir entièrement le crédit de la République, il s'est empressé d'adresser à son Ministre-résident, à Paris, des instructions spéciales, afin de conclure une Convention avec le Comité des Prêteurs. Secondé dans ses loyales intentions par son Représentant, cette Convention a été réciproquement acceptée le 12 février 1848, et ratifiée le 1er juillet. Ainsi, en admettant l'exécution fidèle de cette Convention, et acceptant les calculs et les assurances donnés par M. Levasseur, Consul général de France, sur le chiffre annuel, *terme moyen de deux millions cinq cent mille francs*, comme résultat de la moitié des droits de douane, voici de quelle manière, dans son application, pourrait se libérer la dette d'Haïti, tant envers les Colons qu'envers les Prêteurs :

Libération de l'Indemnité de Saint-Domingue en faveur des Colons, d'après la Convention du 15 mai 1847.

Années	Indemnité en faveur des Colons.	Sommes.
		fr.
1849	Annuité de l'année courante	1,700,000
1850	Annuité de l'année courante	1,700,000
1851	Annuité de l'année courante	1,700,000
1852	Annuité de l'année courante	1,700,000
1853	Annuité de l'année courante	1,800,000
1854	Annuité de l'année courante	1,800,000
1855	Annuité de l'année courante	1,800,000
1856	Annuité de l'année courante	1,800,000
1857	Annuité de l'année courante	1,800,000
1858	Annuité de l'année courante	2,400,000
1859	Annuité de l'année courante	2,400,000
1860	Annuité de l'année courante	2,400,000
1861	Annuité de l'année courante	2,400,000
1862	Annuité de l'année courante	2,400,000
1863	L'annuité de l'année courante étant de 3,000,000 de fr., 500 000 fr. seront reportés à l'année 1868 (1). . . .	2,500,000
1864	L'annuité de l'année courante étant de 3,000,000 de fr., 500,000 fr. seront reportés à l'année 1869.	2,500,000
1865	L'annuité de l'année courante étant de 3,000,000 de fr., 500,000 fr. seront reportés à l'année 1870.	2,500,000
1866	L'annuité de l'année courante étant de 3,000,000 de fr., 500,000 fr. seront reportés à l'année 1871.	2,500,000
1867	L'annuité de l'annee courante étant de 3,000,000 de fr., 500,000 fr. seront reportés à l'année 1872.	2,500,000
1868	L'annuité de l'année courante, y compris les 500,000 fr. de 1863	2,100,000
1869	L'annuité de l'année courante, y compris les 500,000 fr. de 1864	2,100,000
1870	L'annuité de l'année courante, y compris les 500,000 fr. de 1865.	2,100,000
1871	L'annuité de l'année courante, y compris les 500,000 fr. de 1866	2,100,000
1872	L'annuité de l'année courante, y compris les 500,000 fr. de 1867.	2,200,000
	Total de l'Indemnité des Colons.	50,900,000

(1) Les annuités stipulées pour les années 1863, 1864, 1865, 1866 et 1867, étant de *trois millions de francs*, dépassent le chiffre moyen du montant des droits de douane. En conséquence, aux termes de la Convention du 15 mai 1847, les *cinq cent mille francs* complémentaires, pour chacune desdites annuités, seront reportés aux années 1868, 1869, 1870, 1871 et 1872.

Mode de libération de l'Emprunt d'Haïti envers les prêteurs, d'après les bases des Conventions du 15 mai 1847 et du 12 février 1848.

Années	Sommes destinées aux intérêts et à l'amortissement.	Nombre des obligations en circulation.	Montant des intérêts à raison de 30 fr. l'obligation.	Nombre d'annuités amorties au pair avec les intérêts échus, soit 1,150 fr.	Sommes ayant servi à l'amortissement.	Reliquat porté à l'année suivante.
	fr.	fr.	fr.		fr.	fr.
1849	800,000	11,751 à 30	352,550	389	447,350	120
1850	800,120	11,362 —	340,860	399	458,850	410
1851	800,410	10,963 —	328,890	410	471,500	420
1852	800,420	10,553 —	316,590	420	483,000	830
1853	700,830	10,133 —	303,990	345	396,750	90
1854	700,090	9,788 —	293,640	353	405,950	500
1855	700,500	9,435 —	283,050	363	417,450	»
1856	700,000	9,072 —	272,160	372	427,800	40
1857	700,040	8,700 —	261,000	381	438,150	890
1858	100,890	8,319 —	» (1)	» (2)	»	100,890
1859	200,890	8,319 —	»	»	»	200,890
1860	300,890	8,319 —	249,570	»	»	51,320
1861	151,320	8,319 —	»	»	»	151,320
1862	251,320	8,319 —	249,540	»	»	1,750
1863	1,750	8,319 —	»	»	»	1,750
1864	1,750	8,319 —	»	»	»	1,750
1865	1,750	8,319 —	»	»	»	1,750
1866	1,750	8,319 —	»	»	»	1,750
1867	1,750	8,319 —	»	»	»	1,750
1868	401,750	8,319 à 45	374,355	»	»	27,395
1869	427,395	8,319 —	374,355	»	»	53,040
1870	453,040	8,319 —	374,355	»	»	78,685
1871	478,685	8,319 —	374,355	»	»	104,330
1872	404,330	8,319 —	374,355	»	»	29,975
1873	2.529,975	8,319 à 75	623,925	1,657	1,903,550	500
1874	2,500,500	6,662 à 90	599,580	1,652	1,899,800	1,120
1875	2,501,120	5,010 —	450,900	1,782	2,049,300	920
1876	2,500,920	3,228 à 30	96,840	2,090	2,403,500	580
1877	1,342,840	1,138 —	34,140	1,138	1,308,700	»
Total de la dette de l'Emprunt. . . .				11,751	13,513,650	

(1) Les annuités en faveur des Colons, pour les années 1858, 1859, 1861, 1863, 1864, 1865, 1866 et 1867, ne laissant point de sommes pour le service des intérêts de ces mêmes années, le paiement en sera reporté aux années 1868, 1869, 1870, 1871, 1872, 1873, 1874 et 1875.

(2) Par le même fait qui précède, les années 1858, 1859, 1860, 1861, 1862, 1863, 1864, 1865, 1866, 1867, 1868, 1869, 1870, 1871 et 1872, ne donnant lieu à aucun amortissement, ce service se trouve forcément reporté aux années 1873, 1874, 1875, 1876 et 1877.

Quoique le mode d'amortissement qui vient d'être exposé ne puisse s'affranchir de laisser en souffrance, pendant plusieurs années, le service des intérêts et de l'amortissement, il n'en est pas moins le meilleur à choisir, dans l'intérêt des Prêteurs et de la valeur elle-même. Au surplus, la question d'amortissement étant expressément réservée à l'Assemblée générale des Porteurs par la Convention du 12 février 1848, cette question sera mise en délibération en temps opportun.

Paris, 25 janvier 1849.

Signé : J.-P. VAUR,
Membre du comité de l'Emprunt d'Haïti.

6, rue Louis-le-Grand.

www.ingramcontent.com/pod-product-compliance
Ingram Content Group UK Ltd.
Pitfield, Milton Keynes, MK11 3LW, UK
UKHW051022210726
13857UKWH00007B/1226

9 782012 475649